神保町・喫茶ソウセキ
文豪カレーの謎解きレシピ

柳瀬みちる

宝島社
文庫

宝島社

神保町・喫茶ソウセキ

文豪カレーの謎解きレシピ

【目次】

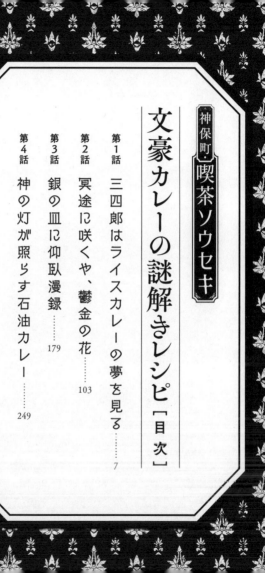

神保町・喫茶ソウセキ　文豪カレーの謎解きレシピ

第1話　三四郎はライスカレーの夢を見る

『もう無理です
　皆様に迷惑かけて
　ごめんなさい
　消えます』――

画面には、その四行だけが表示されていた。

なんでこんなことに……？　わからない。なんで。どうして。

文字を見つめる瞳が震える。胸の内では、ごうごうと炎が燃えさかっていた。

許さない。ゆるさない。絶対に。そうだ。許さない許さない許さない！

すべてはあの男のせい。責任を取らせるべきだ。あいつさえいなければ……。

――復讐《ふくしゅう》してやる。そう決心するまでに、ほとんど時間は必要なかった。真っ暗な部屋の中、スマホの操作音だけが微《かす》かに響いた。

1

人生で間違っていなかったのは、調理師免許をとったことぐらいだろう。だけど現状を考えると、もしかしたらそれさえもダメな選択だったかもしれない。

私はぼうっと窓の向こうを見つめる。通りを行き交う人々が羨ましい。私もあんなふうに、迷うことなく目的地まで歩いていけたらよかったのに。私はいつまでたっても、いや——きっと死ぬまで迷い続け、間違い続けるのだ。

窓にうつる、疲れ顔の女《わたし》から目をそらす。

十一時の開店から、すでに二時間弱。いまだ誰も座っていないテーブルにアルコール液を噴霧して、ため息ごと拭き取った。掃除は本日二回目だ。

——東京・神田《かんだ》神保町《じんぼうちょう》。

今日もまた、学生やサラリーマンが、無数に連なる書店の前を行き来する。中心部にはビルが建ち並ぶけれど、その多くに書店や出版社が入っていると食材業者さんが教えてくれた。まさに名実ともに本の街。観光客らしき姿もちらほら見かける。彼らはかなりの本好きか、もしくは文豪にまつわる名所を巡っているのだ。

そんな街の端っこで、私はぼんやりと息を吸って吐いていた。

青空は力強く澄んでいる。散った桜だって土に還り、新入生も新社会人も街になじんだ頃だろう。それなのに、なぜ。どうして。私のお店——《喫茶ソウセキ》は街になじんでいないのか。

神田神保町は学生街であり、オフィス街でもある。だから昼間の人口は相当多い。

そして、すでにランチタイムだ。近くの定食屋には続々と客が入っていくし、曲がり角の先にある人気カレー店からは、待機列が角をこえて延びてきていた。

一方で喫茶ソウセキ店内には、学生のバイトがひとりだけ。カウンターとテーブル席、合わせて十三席の小さな店ではあっても、客がゼロの時間帯なんて本来あってはならない。繰り返すけどランチタイムである。……店の存在に誰も気付いていない、ということはないと思う。思いたい。思わせてほしい頼むから。

表に出て、何気なく建物を見上げた。上から見ると凹型をした、四階建ての雑居ビル。その一階・東側に私のお店は位置している。階段およびエレベーターホールを挟んだ西側は歯科で、二階三階には古書店や家政婦紹介所などが入っている。決して目立たぬビルではない。

しかし、首から社員証を下げた女性三人組は、店には目もくれずに通り過ぎていった。ラフな格好の男性は、立て看板の存在に気付いたものの、足が当たらないよう避けていった。「漱石《そうせき》カレー　ございます」……そんなアピールがむなしく立ち尽くす。唯一の常連さんである「エプロン紳士」も、今日は来ない。心がすりこぎで押しつぶされていくようだった。

「緒川《おがわ》店長ぉ」

お店から、おどおどした雰囲気の女性が顔を出す。バイトの若尾《わかお》さんだ。ふわっとした話し方がクセらしく、時々何を言いたいのかよくわからないこともあるけど、実は東大生だったりする。

若尾さんは、そのどこか眠たそうな瞳で私をみとめるや否や、

「平山《ひらやま》さんからお電話っぽいですけど」

「……いま行きます」

また私は間違えてしまったのかな。せっかく文豪のチカラも借りたのに。

《喫茶ソウセキ》。

この店名はもちろん、大文豪・夏目《なつめ》漱石《そうせき》からいただいた。

漱石の処女作といえば『吾輩は猫である』。英語教師・苦沙弥《くしやみ》先生の周辺で起こる出来事を、飼い猫視点で描写した、笑いあり涙ありの一大エンターテインメントだ。

……といっても私はその本自体を読んだことがない。だけど幼い頃、母が寝物語に話して聞かせてくれたので、全体のあらすじはすらすら言える。

特に好きなのは、苦沙弥先生が「トチメンボー」という架空の料理を注文して、レストランを困らせる話。母の話し方もあるだろうけど、当時の私はげらげら笑った。

苦沙弥先生の家がイタズラされる話も好きだ。それから、泥棒に入られる話も。原作には風刺や当時の情勢なんかが描かれていて、けっこう難しいらしい。

だけど私にとっての『猫』とは、亡き母の語った「愉快なお話」。母は他にも『三四郎』や『坊っちゃん』なんかも話してくれたから、私は漱石の著作が大好きになった。そういう経緯で店名を決めたわけだけど……。

しかし現実はカレーよりもだいぶ辛《から》い。開店七日目に赤字へ転落して以降、喫茶ソウセキは一度も浮上できていなかった。

2

「キツいこと言うようだけど、店やるのに向いてないんじゃないの」

食材業者の平山さんが、電話口で心配そうに声をひそめる。

「おたくのイチオシだっていうカレーも食べさせてもらったけどさ、中途半端だよね。そもそも神保町《そこ》でカレー出すってギャンブルでしょ。周り中カレー屋だらけで、客は舌が肥えてるしさ。……つか、なんでカレーなんか出しちゃったのかなあ」

「いえ、それは大家さんが」

「強烈な売りがないとやってけない時代だよ。SNSで映えやすいとか、ニッチ追求とかさ。まあとにかく、なんつうのかな、まだ傷が浅いうちによく考え――」

「すみません、お客様がいらしたので」

いたたまれなくなって電話を切った。若尾さんが、布巾《ダスター》片手に私を見つめている。

「あの……わたし漱石カレー大好きですから」

若尾さんはハの字眉を極限まで下げて、キッチン掃除に戻っていった。オープン当初は三人いたアルバイトも、今や若尾さんだけだ。

――神保町でお買い物した人達が、ちょっと休憩できる場所。買ったばかりの本を読んだり、次はどこ行こうと話したり。本音を言うと、ファッション誌のカフェ特集に載るような、雰囲気のある店にしたかった。

それなのに、うっすら漂うカレーの匂いですべて台無しになっている気がした。ふわっふわに仕上げたパンケーキも、自信作のミートパイも、存在そのものをかき消されていくようだ。被害妄想かもしれないけど、スパイスの香りはあまりにも強い。これでは理想のカフェなんて夢のまた夢。

カレーさえなければ。ついついそんな気持ちにもなってしまう。

けれどカレーの提供は決められていたこと。どうしようもない。私はカレーが好きなほうだけど、専門的な知識や技術は持っていない。平山さんも言っていたとおり、神保町はカレーの聖地。最初から負けが決まっていたようなものではないか。

そう考えると、私はまた間違えたのだろう。

だいたい二十六年の人生で「間違っていなかった」ことが一度でもあったんだろうか。

一人暮らしを始めた時、不動産屋オススメのマンションに決めたら、引っ越し三日目には上階から水漏れ発生。調理の専門学校を出た後、オーナーシェフの優しい笑顔に惹かれて就職したイタリアンは、実は超絶ブラックだった。この店を開いた際も、迷いに迷って食材業者を決めたけれど、経営に口出しする系のお方で、週一ペースで説教《アドバイス》の電話をいただいてしまうから精神的にキツい。

考えていたら、どんどん暗くなってきた。

ため息をつきながら厨房《ちゅうぼう》に戻り、スパイス瓶の蓋を開ける。瓶のラベルを見ないままボウルの中に振り入れようとしたところで、異変に気付いた。これシナモンじゃなくてクローブだ。鼻が詰まっていたら絶対わからなかった。危うく大事故である。

「若尾さん、スパイス瓶の並びは変えないでくださいね」

注意すると、いつものように目を合わせないまま「似てるから大丈夫かなって」。

大丈夫なわけがない。胃がきりきり痛む気がした。

3

その日もお客さんは少なかった。朝からの雨も影響しているのだろうけど、本当に

——本当に少なかった。だからこの日に起きたことを、私はよく覚えている。

時刻は二十一時をすぎ、閉店まであと二時間弱だ。先ほど二人連れのお客さんが帰ったけど、今日はこれ以上入らないだろう。テイクアウト常連のエプロン紳士も、こんな遅くには来ないはず。

察した若尾さんも「まかないと休憩的なアレをいただいちゃってきます」と曖昧に宣言して、漱石カレーを片手にどこかへ行ってしまう。

私はタブレットで帳簿を確認する。ヤバい数字の羅列に頭がクラクラした。

「傷が浅いうちに、か」

ため息をついたその時、ドアの開く音がした。若尾さんが戻ってきたのだろう。

でも、かすかに甘い香りを感じる。なんだろうと思って顔を上げると、入り口に立っていたのは長身の男性だった。まさかのお客さんだ！

「い、いらっしゃいませ」

うわずった声で迎えるも、男性は目線さえこちらに寄こさなかった。

薄手の上着、パリッとしたシャツにデニムというキレイめの服装とは対照的に、本体のほうはよれよれだ。髪はボサボサ跳ね放題で、重い前髪の隙間からメガネが見え隠れする。その奥の瞳には生気がないし、肌も青白い。顔立ちは整っているようだけど、まるで下手なCGみたいだ。本当に生きているのかどうかちょっと怪しい。

そんな彼が小脇に分厚い本を抱えているのを見て、悟った。これは恐らく「文学青年」だ。昭和を振り返る系の番組で観たことがあるけど、令和の時代にも実在するとは思わなかった。さすが本の街・神保町。

「お好きなお席にどうぞ」声をかけても反応がない。

やはり物語の中に生きているのだろうか。彼のことは、仮に文学青年と呼んでおこう。文学青年は隅のテーブルに座り、メニューも見ずに「カレー」と呟《つぶや》いた。そうして、おもむろに本を開く。

「お飲み物やサラダなどはよろしいですか？」

「………」

返事はない。すでに本の世界に入り込んでいるようだ。

キッチンへ戻った私は、漱石カレーの準備に入る。鍋の蓋を開ければ、ふわっと蒸気が舞い踊る。同時に、甘くスパイシーな芳香が立ち広がった。

軽くルウをかき混ぜた。ルウの深い茶色には、飴色《あめいろ》タマネギと人参《にんじん》、ジャガイモ、それに豚肉などがとろっとろに溶けこんでいる。具材の形はほとんど残っていないけれど、口に入れれば素材のハーモニーを感じるはずだ。昔ながらの、でもちょっとオシャレでハイカラな「カレー」。その濃厚なルウを、つやつやで熱々の白米にかけていく。仕上げにフランス産の発酵生クリームを軽く回しかけて完成だ。

福神漬け《ふくじんづ》を添えて、文学青年の元へ運んでいった。

「お待たせしました。漱石カレーです」

「漱石？」文学青年はカレーをじっと見つめる。

どうかなさいましたか、と問う前に、彼は視線を本に戻してしまった。左手で本を押さえたまま、だるそうに右手でスプーンを握る。食べる気はあるらしい。

「ごゆっくりどうぞ」とだけ言って、私はキッチンへ戻った。店内には、空調や各種調理機器の出す重低音、それから本をめくる音だけが響いている。息が詰まるようだ。

若尾さんはまだ戻ってこない。

カウンター型のキッチンからは、否応なしに店内の様子が見えてしまう。

文学青年はカレーを一口食べると、上着のポケットに手を突っ込んだ。取り出したのは小さな瓶。蓋を開け、何やら茶色っぽい粉末をバッサバサとカレーに振りかけた。

発酵生クリームの白色が、あっという間に見えなくなる。

辛さ調整用のマイスパイスに違いない。

神保町はカレー激戦区だけあって、マイスパイスを持ち歩くお客さんがそれなりに多い。だけどあそこまで大量に振りかけられたのは初めてだ。漱石カレーの味がよほど気に入らなかったのか。きゅっと胸が痛くなる。

小瓶に蓋をしながら、文学青年がこちらを睨《にら》んできた。

「このカレーの、どこがどう『漱石』だ」

「夏目漱石と、その代表作『三四郎』などをイメージしたカレーですので」

「……『三四郎』？」

心なしか声にトゲを感じた。私は必死になって『三四郎』を思い出す。

「作中に、カレーを食べる場面が出てくるんですよ。そういう大正時代のレトロで懐かしい雰囲気や、三四郎たちの楽しく愉快な毎日を思い起こさせるような」

「あれは明治時代の話だし、決して愉快などではない」

そ、そうだっけ⁉

でも母の語ってくれた『三四郎』では――いや高校生の時に自分でも読んだけど、記憶がハッキリしないのは事実だった。文学青年の問いはさらに続く。

「で、漱石に対しては、どういうイメージを持っているんだ」

頭に浮かぶのは、慣れ親しんだ『猫』だった。作中に出てくる苦沙弥先生は、漱石本人がモデルらしい。だから苦沙弥先生について語れば間違いないはず。

「夏目漱石は明治時代を生きた文豪です。ユーモアがあって猫が好きで、胃腸が弱くて気も弱い、優しいおじさん……ですよね」

「優しい？」文学青年の目つきが鋭くなった。焦りが加速する。

「だって苦沙弥先生は、水瓶《みずがめ》に落ちた猫を助けてあげて、それからも皆で仲良く暮らしたでしょう。あれが漱石自身だとしたら、すごく優しいなって思いますけど」

「なんだ、そのめちゃくちゃな話は」

文学青年が小さく息を吐いた。

「呆《あき》れた。『三四郎』も『猫』も、まともに読んでいないのがよくわかる」

「え……」

『三四郎』はともかく、たしかに私は『猫』を読んだことがない。だけど、それでは、亡き母が語った『猫』のお話はウソだということになってしまう。

「ついでに訂正しておくと」

文学青年がスプーンを置く。

「漱石は偏屈で怒りっぽかったし、犬派で甘党だ。カレーを食べたという記録自体ひとつしか残っていない。それから明治時代のカレーは牛肉や鶏肉が主流で、もちろんクリーム類も入っていない。福神漬けも、カレーに添えるようになったのは大正時代からだと言われている。だから、これのどこが漱石なのかと疑問に思った」

以上、と呟き、文学青年は再びスプーンを手にしてカレーを口へと運ぶ。その機械的な動きは、漱石カレーを何一つ評価してもらえてない証拠だ。

私は恥ずかしくて情けなくて、その場から逃げ出したい気分だった。

――喫茶ソウセキを開くにあたって、大家さんからふたつ条件を提示された。

ひとつは「夜遅くまで営業すること」、もうひとつが「カレーを出すこと」。これらを守れば、破格の賃料で貸してくれるというのだ。大家さんとは面識がないから、なぜそういう条件なのかはわからないけど、ありがたい話には違いない。

せっかくだから、私が最高だと信じるカレーを提供しようと思った。小さい頃に一度だけ食べた味だ。辛さの中に不思議な甘みとまろやかさがあって、それはそれは美味《おい》しくて。

でも何度やっても再現できない。カレー研究にだけ時間を割くわけにもいかなかったから、結局「ベストではないけどベターなカレー」で妥協してしまった。

店を開くまでの準備期間も足りなかった。

もともとこの場所では、レストラン時代の先輩が洋食店を営んでいた。けれど店を畳んで地元に帰るから、と紹介してくれたのだ。それが二月中旬のこと。

オープンまで時間はあまり残されていない。短い期間で内装をリフォームし、什器《じゅうき》や消耗品を揃《そろ》え、メニューを考える必要がある。だから漱石や時代背景まで詳しく調べる余裕なんてなかった——と弁解する勇気は、ない。

いさぎよく、文学青年に頭を下げる。

「変なカレーを出してしまって申し訳ないです」

「まずいと言いたいわけじゃない。だが、まがりなりにも文豪の名を冠するカレーを出すのなら、代表作ぐらいは読んでほしい。初心者向けなのは『猫』や『坊っちゃん』、それに……」

　文学青年の目が、壁の飾り棚に向いた。

「さっきの話にも出てきた、あれとか」——視線の先にあるのは、『三四郎』だ。

「雰囲気を出すためのお飾りだとは思うが、せっかくだから有効活用すればいい」

　本を閉じ、文学青年が席を立つ。いつの間にか、皿は空になっていた。

　そこへ、「緒川店長〜」と若尾さんの声がした。裏の通用口から厨房へ入ってくる。

「店長、今日のカレーも美味しかっ……あ、お客さん」

　文学青年の姿を認めた瞬間、若尾さんの目がカッと見開かれた。

「もしかして、いや、やっぱりハヤマ先生ですよね」

「お知り合い？」

「え、なんっで知らないんですか店長⁉　ていうか色紙とかはどこですか！　サインいただかないとっ」

　顔をキラキラさせる若尾さんに対して、文学青年は床を見つめたまま「そういうのはしない」とボソボソ返した。少なくとも有名人であることは確かなようだ。

「先生の御本、何度も読みました！　サークルの仲間もみんな読んでます！」

「若尾さん、ちょっと落ち着いて」

私の言葉も耳に入っていないようだ。興奮しきりで、若尾さんは文学青年に迫った。

「新作はいつなんですか、こっそり教えてくださいよぉ」

文学青年はくしゃくしゃの千円札をテーブルに置き、店を出て行こうとした。申し訳ないけど賢明な判断だ。そこに若尾さんの一言が追い討ちをかける。

「あと、シラハマ先生って今どうされてるんですかぁ？　亡くなられた的な噂《うわさ》を聞いたんですけどウソですよね」

「……シラハマ」

急に、文学青年のまとう影が濃くなった。顔色も青を通り越して真っ白い。私は慌てて、「ここの掃除お願いしますね」と若尾さんをバックヤードへ押し込んだ。

すぐさま店に戻り、文学青年の前で頭を下げる。

「うちのスタッフが、申し訳ございません！」

文学青年はしばらく陰鬱な顔でうつむいていた。「もしかしたら」と、かすれた声が耳を打つ。

「もしかしたら、俺が殺したのかもしれない」

たしかにそう言って、彼は店を出て行った。

こ、殺した⁉　あまりの言葉に驚いて、文学青年の後を追いかけたけど、店の周りにはもう姿がない。消えた……？

若尾さんの「ハヤマ先生とお話ししたかったのにぃ」という恨みがましい声が、店の外まで聞こえてきていた。

――間違いなく日本文学史に残る、一大エンターテインメントだ！

――私たちは今、未来の大文豪が生まれる瞬間を目撃した。

――斬新、鮮烈。これを読まずして令和文学は語れません。

小説家・葉山《はやま》トモキがデビューし、直後に書評家たちから熱いコメントが殺到したのは二年前のこと。といっても文学賞を受賞したわけではない。デビュー作となった小説は、大手出版社の新人賞に応募されたが、「賞の対象ジャンルではない」という理由で落選。だけど編集者に才能を見出され、選外ではあるけれど異例の出版となったらしい。

その小説『P.S.』は、一見すると地味な暗黒小説《ノワール》だ。しかし終盤に作品構造をひっくり返す仕掛けが埋め込まれており、これが書評家たちのハートを鷲掴《わしづか》みにした。同時にマスコミも食いつき、「イケメン天才作家がデビュー！」と煽《あお》り立てる。結果、デビュー作としては破格の大ヒットを飛ばすこととなった。

そんなことを、若尾さんが熱く解説してくれた。

閉店作業の後、デビュー当時の写真をスマホで見せてくれたけど、綺麗《きれい》な顔立ちの男性だ。思い返してみれば、先ほどの死人めいた容貌にも、写真の面影は残っている。

「……あの暗い文学青年さんが、まさか有名な作家だったとは」

人を見かけで判断してはならない。いや、ある意味では当たってたけど。

「葉山トモキ先生って、趣味とかの詳しいプロフィールが一切公開されてないんですよぉ。授賞式で何か事件があったというのは、出席した書評家さんがツイートしてましたけど。詳しくは秘密みたいで。雑誌とかにも一切インタビュー載らないし。そこもまた謎めいててステキっていうか」

若尾さんはうっとりと語る。

「徹夜で一気読みしたんですよ、『P．S．』。面白すぎて何度も何度も読み返して。ああいう読書体験、生きてる間にもう二度と出来ないんじゃないかって思うと、哀《かな》しくて落ち込んじゃいますね」

「そこまで、ですか」

「でもシラハマ先生のは、そんなでもなかった的な」

「しらはま？」

「白浜《しらはま》イヅミさん。同じ新人賞の、大賞を獲ってデビューした作家さんです」

文芸界隈《かいわい》のことをまったく知らない私でも、落選より大賞のほうがスゴイのはわかる。だけど白浜さんの本は売れなかったのだという。

「哲学的・内省的すぎるというか……。テーマが『女性という性自認への葛藤』なので全体的に難しくて、さっきと別の意味で何度か読み直しましたよ。文学部のわたしでもしんどいなあと感じたぐらいだし、一般受けはキツかったでしょうね」

若尾さんはエプロンを脱ぐと、クリーニング袋にぽいっと入れる。

「で、白浜先生もイヤになっちゃったみたいで。去年かな、ブログに引退宣言的な怪文書を出して、そのまま消息不明なんですよねぇ」

「それはお気の毒ですけど、先ほどの――葉山先生とどういう関係があるんですか」

「白浜先生が引退したのは、葉山先生から誹謗《ひぼう》中傷を受けて鬱になったせいだ、って噂されてまして」

「なんでそんなこと……」

「作家なんて変人ばっかりでしょうし、イジメの理由なんてわからないですよぉ」

レモン色のスプリングコートを軽やかに羽織り、カバンを肩に掛け、若尾さんは髪にささっと手ぐしを通す。

「葉山先生ってこの近くに住んでるんですかねぇ。また来たら、その時こそサイン的なものをもらってお店に飾らないとですよ！　あぁ昂《たか》ぶるっ！」

一方的に語り倒して、若尾さんは「お疲れ様でーす」と帰っていった。

「……サイン、かぁ」

有名人のサイン色紙で集客力が上がるならば、とは一瞬だけ考えた。でも本人が乗り気でないようだし、強要するのもよろしくない。

とにかく店を続けるための努力が必要だ。他はいらない。新作メニューが完成すればなんとかなるかもしれないし。欲しいのは、SNS映えするようなキラキラしたものや、とにかく目新しい「何か」。

頭から雑事を追い出して、レシピ帳を開く。この日も帰りは終電だった。

4

〈うと〳〵として眼が覚めると女は何時《いつ》の間にか、隣の爺《じい》さんと話を始めてゐる。〉

夏目漱石著『三四郎』は、こういう文章で始まっていた。高校生のときに図書館で読んで以来だけど、こんな感じだったっけ。まるで覚えていない。

――早朝の喫茶ソウセキ、開店準備はとうに終わっている。研究中の新メニューを煮込む間、私は『三四郎』を開いていた。葉山さんから言われたのもあるけど、読むことによって母との記憶を確認したかったというのも大きい。

物語の主人公・小川三四郎は、九州から汽車で上京しているところだ。汽車の席の向かい側には、爺さんと色黒の女が座っている。三四郎は女が気になって仕方ないが、名古屋の宿で女から誘惑されても、拒絶してしまった。

東京に着いた三四郎は、大学で様々な出会いを果たす。同郷の先輩・野々宮《ののみや》、尊敬できる英語教師・広田《ひろた》、そして謎の美少女――。三四郎は彼女に一目惚《ぼ》れしてしまう。

そのあたりでライスカレーが登場。同級生の佐々木與次郎《ささきよじろう》と友人になった三四郎は、淀見軒《よどみけん》でライスカレーを御馳走《ごちそう》になるのだ。

しかし三四郎は次第に鬱っぽくなっていく。大学生活も思っていたのと違うし、生真面目《きまじめ》に勉強しすぎたせいだろう。それを與次郎に打ち明けると、「馬鹿々々」と怒られて説教が始まった。三四郎の感じる物足りない気持ちは、勉強だけしていても埋まらないものだと。そうして與次郎は、三四郎を外へ連れ出す。

「活《い》きてる頭を、死んだ講義で封じ込めちゃ、助からない。外へ出て風を入れるさ」

電車に乗せ、料理屋で晩飯を食わせ、そのうえ落語も聞かせる。それは恐らく、與次郎の感じる「東京で味わえる楽しいこと」なのだろう。三四郎も様々な体験をして、ようやく復活することができた。

本を開いたまま、なんともいえない感情に揺さぶられる。

三四郎の姿に、いつしか自分を重ねていた。行き詰まっている現状を、與次郎に見透かされたようだ。文豪からの時を超えた警告なのかもしれない。店のことばかり考えていないで、もっと他のことにも目を向けなさい、と。

同じ場面を何度も読み、心の中で反芻《はんすう》する。「馬鹿々々」も好きだし、「外へ出て風を入れるさ」も素敵な言葉だ。與次郎はなんて優しい人だろう。

でも葉山さんの言うとおり、たしかに愉快な日常の風景ではない。母はあえて楽しい場面だけを強調して話してくれたのだろうか。

気になることがもう一つ。なぜ與次郎は、三四郎にライスカレーを食べさせたんだろう。明治時代にも、他に美味しいものはいくらでもあったと思う。または「晩飯」という書き方で流してもよかった。ここで漱石は、どうしてわざわざライスカレーと名指しで書いたのか。

次のページに指をかけたところで、

「おはようございます～」明るい声に、現実へと引き戻されてしまった。若尾さんが出勤してきたのだ。どうやら私は二時間以上も三四郎の世界にいたらしい。

「え、緒川店長が本読んでる」犬がスマホを操作してる、と同じような語調だ。若尾さんは心底びっくりしたようで、わざわざ本を見に近付いてくる。

「わー、『三四郎』ですかぁ」

若尾さんの顔には、興味と好奇が溢《あふ》れていた。本を上からのぞきこみ、

「相当古いっぽいですけど、まさか明治の……いや、たぶん昭和の復刻版ですね」

「どうしてわかるんですか？」

私が問うと、若尾さんは「え、あの」と盛大に戸惑った様子で、

「百年以上前に書かれて数十万の値がつく稀覯本《レア》がこんなところに存在するなんて、ちょっとあり得ないかなあって」そんなことを語ってから、「わたしの意見じゃないですよ、一般論的なやつですから」と慌てて付け足す。

「でも意外でした。そこの棚に並んでる本、見た目だけで選んだっぽいのに、まさか本当に店長が読んじゃうとは」

たしかに見た目で選んだのもあるけれど、若尾さんってなかなか毒舌だ。

着替えてきまぁす、と若尾さんはバックヤードへ消えていく。その後ろ姿に、「これは母の本なんですよ」と呟く。

『三四郎』は、亡き母の蔵書だった。実家を出る時、なぜか父が私にくれたのだ。レトロな函《はこ》が喫茶ソウセキのイメージにぴったりだし、何より母のぬくもりを感じられたから、店の飾り棚に置いていた。

「でも、ちょっと寂しいかな」

独り言のつもりが、「何がですかぁ」と反応されてしまった。振り向けば、エプロ

ンと三角巾をつけた若尾さんがすぐそこに立っている。

「恥ずかしい話ですけど、うちの父はドのつくケチで、母の形見なんかも全てお金に換えてしまったようなんです。だから母の本、この一冊だけしか残ってなくて。なんで『三四郎』だけ手元に置いといたのかは謎ですけど」

父のことだから、「ボロボロの本の価値なんてたかが知れてる」あたりかな。価値のないものなら娘にくれてやっても構わない、という感じで。

「そうだったんですかぁ。店長もイメージと違って苦労されてきたんですね」

むしろ私についてどんなイメージを抱いてたんだろう。

「まあでも、一冊もらえただけでも御の字なので」

私は『三四郎』の函を手に取ると、本を収納しようとし――

「――あっ」

つるりと本が滑り落ちた。「ぎゃっ」と悲鳴をあげて、若尾さんが本をキャッチする。

衝撃でページが大きく開き、何かがハラリと舞い落ちた。

「レシートかな」

色あせたそれは、そうとう昔のものに見えた。店名も何も書かれておらず、ただ「10.21.15:08 コーヒー*2」とだけ印字されている。裏返してみると、鉛筆書きの文章があった。

「三さん
ごめんなさい。私は悪いストレイ・シープで、あなたの人生を奪ってしまった。
でもあなたがいてくれたから、今まで宝を守れました。
本当にどうもありがとう。　美」

母や父の筆跡ではない、美しい字だ。

「三さん」とは三四郎のことだろうか。つまり作中の一場面を書き写したもの？

「でも、〝宝〟って」

私の呟きに、なぜか若尾さんはハッと身を強張《こわば》らせたようだった。

唐突に、ドアの開く気配があった。お客さんだ。『三四郎』をカウンター下へしまいこみ、「いらっしゃいませ！」と顔を上げる。

そこにいたのは、作家の葉山さんだった。

5

葉山さんは、生きてるのか死んでるのかわからない顔色でふらふらと席に着く。前回よりも酷《ひど》い有り様だ。寝ていないのかもしれない。彼がいるだけで、店内の空気が冷え込んでいくようだった。

お水やメニューを持っていっても、反応が無い。葉山さんは鼻をすすってから、分厚い本をバサッと開いた。具合が悪そうなのに読書とは、まるで文学ゾンビだ。

興奮しきった若尾さんが、注文票を片手に近付いていく。

「四日ぶりですねぇ、またいらしてくださって嬉《うれ》しいです」

「好きで来てるわけじゃない。ここが一番近いからだ」

「そ、そうなんですね」若尾さんのみならず、私も少し落ち込んだ。だが葉山さんは、さらに衝撃の言葉を述べ立てた。

「カレー、腐ってなかったか？　先日ここで食べたあと、急に体調が悪くなった。変な幻覚も見たし、吐きまくってしばらく動けなかったんだが」

「店長～」と若尾さんが泣きそうな顔を向けてくる。

心臓の音が急に大きくなってきた。冷や汗がにじむ。だけどあの日は若尾さんだってまかないでカレーを食べていたけれど、なんともなかったのだから、きっと冤罪《えんざい》だ。謝るべきかどうしようか、迷ってしまう。

しかし葉山さんには責める気持ちが小指の先ほどもなかったようで、「腐っていようが構わない」と言い放つ。

「カレーで死ぬのも悪くない」

冗談には聞こえなかった。この人は恐らく、鬱の底近くまで落ちている。

「ご、ご注文は」

「カレー」

それきり、葉山さんは口をつぐんだ。若尾さんが戸惑いながら戻ってくる。

「あとでサイン書いてもらえるでしょうか」

「見るからに体調が悪そうですし、難しいんじゃないかと」

私は漱石カレーを用意して、トレイに載せた。再び若尾さんが提供しに動く。その顔には強い決意が見てとれた。目で「やめて」と諭したけれど、

「お待たせしました、漱石カレーになります。それから、サインくださいっ」

葉山さんはそれを無視《スルー》して、前回同様マイスパイスと思しき小瓶を取り出した。蓋を開け、バッサバッサと豪快に振りかける。若尾さんが怯《ひる》み、軽く後ずさった。

漱石カレー、そこまで物足りない味だろうか。彼は鼻づまりのようだから、細かな味まではわからないのかもしれない。そうして粉っぽくなったカレーを、本から目を逸《そ》らさないまま、機械的に口へと運ぶ。

めげずに若尾さんが話しかける。私も止めたけれど、遅かった。

「あのぉ、葉山先生。サインもしくはそれに準ずる何かをいただければ幸――」

「うるさい。邪魔するな。俺には文学しかない。もっと理解しなければ、吸収しなければ、俺に生きている価値などない」

そうとう追い詰められているようだ。さすがに若尾さんも退くかと思いきや、

「さすが作家先生ですねぇ、すごいです」かえって明るく突撃した。

「文学といえば、うちの店長もいま『三四郎』読んでるんですよぉ」

なぜ急に私のことを持ち出すの⁉

ところが。そこで葉山さんが反応した。視線を私のほうへ向けてきたのだ。

「まさか本当に読んだのか」

とっさにカウンター下から『三四郎』を取り出して掲げた。

「前に読んだことがあるので、正確には読み直しですけど、記憶とだいぶ違っていてびっくりです。三四郎がライスカレーを御馳走になるところだけは合ってましたが」

「淀見軒だな、三章の一場面だ」

記憶力がすごい。文学ゾンビ兼、文学マシーンだ。

「あれは本当に面白かった。こんな恋愛小説もあるのかと驚いて、夢中で読んだ」

葉山さんの目に、わずかな輝きが見える気がする。文学の話ならば、少し気がまぎれるのだろうか。私は必死になって、話を続けようと努力した。

「それで……あの、作品の中身や時代背景を、もっと漱石カレーに反映できればと考

えてるんです。何かアイデアありませんか」

「漱石の人生そのものについては調べたのか？」

「すみません、ネットで軽く検索した程度です」

「では漱石関連の資料を貸そう」

「え？」あまりの急展開に、頭が追いつかない。若尾さんが「いいなぁ」と悶《もだ》えるけど、それどころではなかった。そこまでしてもらう義理はない。一ミリもない。

「本のタイトルを教えていただけたら、お休みの日に図書館で探してきますから」

「早くとも来週、遅いと三週間後か。断言するが、それまでにきみの情熱は薄れる」

それはそうかもしれないけど、なぜこの人は店の休業日を知っているのだろう。

喫茶ソウセキは不定休で、基本的には月曜か火曜に休むことが多い。でも来月のお休みをいつにするかは、まだ決めていないのだ。

戸惑う私に目もくれず、葉山さんはスプーンと千円札を置いて立ち上がった。

「こっちだ」とだけ言って、さっさと店を出て行ってしまう。

一瞬迷った私だけど、「すぐ戻ります！」と若尾さんに後を託すしかなかった。

6

店が入っている雑居ビルのエレベータホールで、葉山さんが腕組みをして突っ立っていた。同じビル内に自宅か仕事部屋を借りているということか。

葉山さんはエレベータに乗り込むと、即座に上階のボタンを押す。そのまま黙って私を見つめてくる。陰鬱とした同調圧力に負けて、仕方なく乗り込んだ。

エレベータ内では、四階のボタンが点灯していた。それを目に、うっすら記憶が蘇《よみがえ》る。店舗の賃貸契約書にあったビル所有者の住所、たしかここの四階だったような。

「もしかしなくとも、ビルの大家《オーナー》さんでしょうか」

「…………」

「店を開くにあたって、『カレーを出すこと』という謎の条件をつけてきた大家さんですよね」

やはり返事はないけれど、代わりに目が泳いでいる。当たりらしい。

チン、と音がしてエレベータの扉が開く。そこは予想通りの空間だった。内廊下の絨毯《じゅうたん》はふかふかの歩き心地で、間接照明が柔らかく辺りを照らしている。全体的にシックな色合いでまとめられていて、高級ホテルに迷い込んだかのよう。

エレベータを降りて右に進むとドアがあって、その横には窓がひとつ。曇りガラスの向こう側は、うっすらと灯りがついていた。

葉山さんが無造作にドアを開ける。

「先生、お帰りなさいませ」少し焦げ付いたような声が、私たちを出迎えた。

玄関に立っていたのは、清潔感あふれる男性だ。四十代半ばぐらいの穏やかで落ち着いた雰囲気に、小花柄のエプロンが不思議と似合う。

男性は私を見て目を丸くする。「おや、一階のお店の」

「あれ、週二でテイクアウトしてくださる方ですよね」

脳内通称エプロン紳士が、なぜここにいるんだろう。葉山さんの身内だろうか。

私の戸惑いを察したのか、エプロン紳士は深々と頭を下げた。

「いつもお世話になっております。わたくしは倉田《くらた》と申しまして」

「うちの家政夫さんだ」

そう言って、葉山さんは靴を脱ぎ散らかしたまま上がっていった。倉田さんはスリッパを出しながら、「こちらで週四回、短時間ではありますが、暮らしのお手伝いをさせていただいております」と補足した。「さあ、どうぞ」

玄関先で本を借りておしまいだと思っていた。このままお邪魔してもいいのだろうか。わからない。というか私、まだお店のエプロン着けたままだ。それ以前に、今日の靴下がキレイなやつだったか思い出せない。

立ちすくんでいると、奥からほっそりしたご婦人が出てきた。

「あら、葉山センセにお客様なんて」

底抜けに明るい声を響かせて、婦人はニコニコと微笑《ほほえ》んだ。左手に園芸ばさみ、右手にはスズランを握っている。けれど手首には白い包帯が巻かれていた。

「そのエプロン、一階のカレー屋さんでしょ。センセのお夜食用に、倉田さんが買いに行ってるのよね。私も一度食べに行ってみようかしら」

「いえ、カレー屋ではないですけど」

婦人は渡辺《わたなべ》さんというお名前で、倉田さんと同じ家政婦だそうだ。あちらこちらに飛びまくる話を繋《つな》ぎ合わせると、ビルの三階にある家政婦紹介所から派遣されており、「大好きな先生のお宅で働きたい」と熱望《ごりおし》したらしい。

奥へ通される間も緊張は続く。

想像していたような、雑居ビルオーナー兼人気作家のセレブリティなお住まいなんかどこにもなくて、逆方向に想像を絶するお宅だった。

まず目に入るのは、廊下にずらりと並ぶ本棚だ。床にも本の塔が乱立していて、まっすぐ歩くのも一苦労。他の部屋も扉が開け放たれているけれど、どこもかしこも本棚で埋まっていた。

あえて照明を落としてあるようで、室内は薄暗く、埃《ほこり》っぽいニオイが充満している。くしゃみが出そうだ。また、長いこと空気を入れ換えていないのか、窓の鍵には真っ赤なサビがついていた。どこかから、「にゃ」と微かな鳴き声も聞こえた。

案内された奥の部屋が、葉山さんの仕事部屋らしかった。率直に言って汚部屋である。観葉植物は枯れ果てて、大きな机の上は本と紙だらけ。椅子の周りどころか、床全体に本やノートが積まれまくっていて地層を形成している。作家の仕事部屋って、みんなこういう感じなのだろうか。ついに私はくしゃみをした。

再び近くから「にゃ」と鳴き声がする。視界の隅を、小さな影が横切った。

「猫、います？」

思わず問うと、葉山さんはうなずいた。

「まだ生後三ヶ月にも満たないらしいチビだ」

「そうすると、一月か二月生まれってことですね」

葉山さんは一度鼻をかんでから、「倉田さんがこのまま拾ってきたヤツを面倒見てるだけで、俺はよく知らない」。いつのまにか、その足元にふわふわした白猫がいる。彼あるいは彼女を撫《な》でてから、葉山さんが目元を掻《か》いた。猫アレルギーだろうか。

そこに渡辺さんが入ってきた。お茶を置きながら、

「ごめんなさいねえ、鼻がムズムズするでしょ。あまり掃除しちゃダメらしいのよ」

苦笑して出て行った。私は所在なく辺りを見回す。

すぐそこに、目立つ本が落ちていた。水色と黄色が鮮やかな表紙は、一度見たら忘れられないインパクトだ。何の本だろう。思わず手を伸ばしたところで、葉山さんが大股で近付いてきた。

「こんなもの」――本を拾い上げ、忌々《いまいま》しげに部屋の隅へと放り投げる。若尾さんが見たら悲鳴を上げそうな乱暴さだ。一体なぜ、と思ったけど、葉山さんの著作なのかもしれない。その怒りと哀しみの入り混じる表情が、すべてを物語っていた。

「ええと、ここで新作を書いてらっしゃるんですね」

聞いてみたら、葉山さんのまとう空気が一段と重くなった。

「書かない。いや、書けない」

「そ、そうなんですか」

「俺には文学しかない。文学を失ったら何も残らない。それならもう、死んだほうがいい」

メガネを外し、眉間を押さえてから、

「すまない。変なことを言った」

「いえ……」

「漱石本人を知りたいのならば、まず『漱石日記』や『硝子戸《がらすど》の中《うち》』を読んでみたらいい。どうせ使わないいし、何冊持っていっても構わない。応接間にある一番大きな本棚の、上から三段目――」

鋭い電子音が、葉山さんの言葉を遮った。スマホの着信音だと思うけど、低い位置から聞こえてくる。白い子猫が、机のそばに出来たノートの山を前足で掻き始めた。

「お電話ですよね。出なくて大丈夫ですか」

私の問いに、葉山さんは眉間にシワを寄せた。「チッ気付いたか」という顔だ。すぐにスマホを見つけ出したものの、「担当……」と唸《うな》る。

スマホを耳に当てると、ますます空気が暗くなった。

「――進捗《しんちょく》状況？　だから俺はもう書けないと前から散々言ってますよね」

会話を聞かないよう、私はそっと廊下へ出た。そもそも長居もできない。

応接間（には見えなかった、だって本棚しかないから）に入ると、葉山さんの言う本棚はすぐに見つかった。

恐らくアンティークだろう。ところどころにツタ模様が彫りこまれていて、美しいけれど、とても巨大だ。天井すれすれまで高さがある。そのわりに奥行きがないようで、本に触れた瞬間かすかに揺れた。よく見れば、壁や天井のどこにも固定されていない。なんとなく、棚そのものが倒れてきそうな危うさを感じる。

そんな本棚の上から三段目に、『漱石全集』と題された函入りの本が並んでいた。

この中のどれ《ど》《れ》かが『漱石日記』なんだろうけど、何巻なのか聞きに戻るのも、ちょっと気まずい。

仕方ない、一冊ずつ確認しよう。そう決めて手を伸ばしたとき、

「もしや『漱石日記』をお探しですか」横から倉田さんの声がした。エスビーのスパイス瓶を片手に、台所から顔をのぞかせている。倉田さんと目が合うと、「先生用にスパイスをブレンド中でして」とにっこり微笑んでくれた。

「夏目漱石についての資料がご入り用なのでしょう？　でしたら、全集よりも岩波文庫版をオススメいたしますよ。なんといっても、軽くて読みやすい。その棚の下から二段目あたりにあると思いましたが……」

「お詳しいですね」

言われたところを見てみると、たしかに漱石の文庫本がぎっちりと詰め込まれている。しゃがみこんで目的の本を探す。その途中、真っ白な背表紙の単行本が目についた。タイトルは『ひかりふる』。これも漱石の著作かな。

「他には『思い出す事など』も読みやすいので、お持ちになるとよろしいのでは」

「そんなに借りてしまっていいんでしょうか」

「同じ内容は『漱石全集』にも収録されておりますし、差《さ》し支《つか》えないかと」

たしかに本人も「何冊持っていってもいい」と言っていた。お言葉に甘えて、数冊を引き抜く。そのたび棚が不安げに揺れた。

お礼を言いに、葉山さんの仕事部屋へ戻る。ちょうど電話が終わったところだったようで、スマホを床に放り投げていた。

「なぜこの世に電話なんてものがあるんだ……。手紙なら燃やせば終わるのに」

重症だ。なぜか私が焦ってしまう。

「ほ、本お借りしますね。どうもありがとうございます。ええと、あの本棚はだいぶ古そうですけど、アンティークなんですか？」

「倉田さんが選んだもので、俺はよく知らない」

そこに「そうなのよ」と渡辺さんが乱入した。手に持つトレイには、ほくほくと湯気を立てる焼き菓子だ。食べて食べてと私にトレイを押しつけながら、

「少し前にね、廊下に散らばってる本を避けようとして転んじゃったの。それで、こんなになっちゃって。もう痛いこと痛いこと」

右手首の包帯をぐいっと見せつけてきた。

「それでようやくね、センセが『片付けてもいい』って観念して。倉田さんが本棚を探してきたというわけ。そこにあたしがガンガン本を押し込んで、やっとあそこまで歩けるようになったのよ」

センセったら困っちゃうわよねぇと、本人を前に明るく愚痴をぶちまける。

「でもさ、せっかく片付いたのに、気を抜くと本タワー乱立状態に戻っちゃう。なか

なかヒドいでしょ」

「俺にとっては、床にあるほうがわかりやすい」

葉山さんは頭をがりがりと掻いてから、

「それと、太宰《だざい》の本を川端康成《かわばたやすなり》と志賀直哉《しがなおや》で挟むのは可哀想《かわいそう》だからやめてやれ」

「よくわからないですけどね、こだわりたいならご自分で片付けてくださいな」

二人の間に、見てわかるぐらいの火花が散った。

「あの、私そろそろお店に戻らないといけないので」

辞去する私の後ろを、なぜか葉山さんがついてきた。見送りかと思いきや、巨大本棚のところで立ち止まる。分厚い漱石全集を何冊か抜き出し、「これも」と渡してきた。腕がちぎれそうな重さだ。

「こんなにお借りできません。読み終わるのがいつになるかわかりませんし、葉山さんがお仕事で使うこともあるでしょう」

「その辺にある本はすべて頭に入ってるから問題ない。──それに、どうせ俺はもう書けない。だから必要ない」

自分に言い聞かせるかのようなその言葉は、重い空気に沈んでいった。

私にできることなんて、再び話題を逸らすだけだ。

「……そこの『ひかりふる』っていう本も漱石の著作なんですか」

「なんでこんなところに」葉山さんが呻《うめ》く。

「また渡辺さんが適当につっこんだのか」

漱石の本じゃないらしい。背表紙に目をこらして、ドキッとした。本の帯に、どこか儚《はかな》い字体で「白浜イヅミ」とあったから。思わず手を伸ばしかけた私に、

「触らないでくれ。編集部経由で本人からいただいたものだ」

その真剣な口ぶりは、いわゆる「白浜イヅミをいじめて引退へ追い込んだ」人物とは思えないものだった。

「白浜先生って、どんな方なんですか」

「イヅミさんは――そう、漱石の言葉を借りるなら〝偉大な暗闇〟だった」

「暗闇？」意味はわからないけど、どこかネガティブな印象を受けた。

「これ以上は誰にも何も語る気はない。……だが、そのイヅミさんを俺が」

再び沈んでいきそうな気配があったので、今度こそ逃げ出すことにした。本の重みをこれでもかと感じながら進んでいく。

玄関にはカバンを肩に掛けた倉田さんがいた。修行僧のごとき私の姿に目を丸くして、「いま帰るところですし、下までお持ちしましょう」と微笑んでくれた。菩薩《ぼさつ》だと思った。靴を履く私と、突っ立っている葉山さんを見比べて、

「お二方は連絡先をご存知なのですか。モノの貸し借りをされるわけですから、念の

ため、電話番号の交換をしておいたほうがよろしいのではないかと」

　だけど葉山さんは「俺はもう登録してある」と言う。驚きだ。

「なんで私の番号をご存知なんですか」

「きみ個人のではない、店のほうだ。倉田さんたちがいないときにカレーが食べたくなったら、出前を頼もうと思って」

「お店まで食べに来れば済む話ですよね。同じ建物なわけですし」

「そもそも外に出たくない」

　少なくとも、胸を張って言うことじゃない。

「ちなみにうちはデリバリーやってませんけど」

　葉山さんが凍りついた。この世の終わりを見たかのような顔だった。

　メガネを落としかけたり足下の子猫を危うく踏みそうになったりと、動揺しまくりの葉山さんから電話番号を教えてもらい、表へ出た。エレベータは二階で停《と》まっている。本の八割を持ってくれる倉田さんとともに、階段を降りることにした。

　質素な造りの階段ホールに、二つの足音が跳ね返る。一歩前を行く倉田さんの背中からは、スパイスの香りが漂ってくる気がした。

「あの、白浜さんと葉山さんってどういう……？」

「親しくなさっていた、と。そう聞いております」

倉田さんの声が少し硬いのは、気のせいだろうか。

「直接会われたことはないようですが、編集部経由で初めて連絡をとった瞬間から、十年来の親友のごとく意気投合されたとか。文学を愛するお二方ですし、当然の帰結とも言えましょう。ずっとＳＮＳでやりとりを続け、いずれは自由《じゆう》が丘《おか》の『古《こ》桑庵《そうあん》』——漱石ゆかりの喫茶店で会うお約束をなさっておられたのですよ」

「そうだったんですか……」

「ええ、特に明治中期の翻訳文学、森田《もりた》思《し》軒《けん》や黒岩涙香《くろいわるいこう》についてのお話が盛り上がったようですね。だというのに葉山先生が、まさか……あのようなことをなさるとは」

やはり倉田さんも、誹謗中傷の噂を知っているらしい。

「しかし、たとえ何をされたとしても、葉山先生はまぎれもない天才です」

一階まで降りたところで、倉田さんが振り返る。

「これ以上潰れてしまわれぬよう、先生を助けてさしあげてはもらえませんか。私では、それが叶わない」

とっさに言葉が出なくなった。今現在、葉山さんの一番近くにいるのは倉田さんたちだ。それなのに、なぜそんなことを言うんだろう。

「どうして私に？」

「先生はあなたのカレー店に行くことで、多少なりとも精神的安定を得ておられるようなのです。どうか末永く店を続けていただきたい。失礼ながら、経営が苦しそうなことも承知しております。しかし、そこをなんとか」

グッと胸が詰まった。赤字続きなことを看破されていたのもツラいけど、私が関わったところで、どうせろくな結果にはならないのだから。そう思ったけれど、

「私に出来る範囲でよければ」

「ありがたい」倉田さんが深く息を吐く。その寂しいようなホッとしたような表情に、私はどこか引っかかるものを感じていた。

7

それから少し経っても、やはり客足は鈍いままだった。鈍すぎて、そろそろなめくじにも負けそうな有り様だ。

葉山さんもまた、だんだんと悪化しているようで、来店頻度が落ちていた。

その日も葉山さんは、虚《うつ》ろな瞳で店を訪れた。私や若尾さんの「いらっしゃいませ」さえ聞こえていないかもしれない。うつむいたまま、足をひきずるようにしてテーブルへ向かう。そうして、崩れ落ちるみたいに腰掛けた。

「うわぁ、大丈夫ですかね葉山先生」

ハラハラした顔で若尾さんが見つめるけれど、まだ文学への情熱は失っていないらしい。いつも通り分厚い本を開き、ぼんやりと読書を始めたようだった。

『どうせ俺はもう書けない』以前に葉山さんはそう言った。何がそこまで彼を追い詰めたのだろう。心配になる。倉田さんからも『助けてあげて』と言われたことだし、何かしてあげたい。水とメニューを運びがてら、私は文学の話題を振ってみた。これで少し浮上するかと思ったのに、以前と違って返事がない。

代わりに、「死にたい」と――そんな形に唇が動いた気がする。どうか勘違いであってほしい。ひとまず厨房に戻って、いつも通りカレーを準備する。若尾さんが、緊張の面持ちでそれをサーブした。そこへ、

「あ、やっぱりここにいた」騒々しい音と共に、渡辺さんが来店した。

「今日は仕事上がりにカレー屋さんでデートしましょって言ったのに」

渡辺さんは「もぉ照れちゃって」と、葉山さんの肩をバンバン叩《たた》く。痩せぎすな身体《からだ》がぐらぐら揺れた。

「じゃあ私も、センセと同じ鷗外《おうがい》カレーにするわ。あと福神漬け多めでよろしくね」

「うちはカレー屋ではありません」「鷗外カレーじゃなく漱石です」等々、言いたいことが山のようにあった。けれど葉山さんに対しては、目覚まし時計のような効果が

あったようだ。渡辺さんの存在にギョッとしたついでに、カレーが提供済みであることにも気付いたらしい。

葉山さんは、もそもそとマイスパイスの小瓶を取り出し、片手で蓋を開ける。甘くて濃くて爽やかな匂いが、うっすらと厨房にも流れてくるようだ。しかし葉山さんは、少しためらった後、マイスパイスを上着のポケットに戻してしまった。

「え、珍しい」

驚く若尾さんをスルーして、葉山さんがカレーを口に運んだ。

「もにゃもにゃカレーのレシピを変えたのか。この前より美味《うま》い」

「変えてません。というか、もにゃもにゃカレーってなんですか？」

「何一つ漱石に由来していないくせに漱石の名を冠するなど、受け入れがたい。だから仮の名をつけた」

じっと見つめる渡辺さんは、今にも「センセ、ひとくちちょうだい」と言いだしそうだ。素早く若尾さんがカレーを提供しにいってくれた。

「あらぁ、いい香り」渡辺さんの笑顔が全開になる。

「このカレー、シナモン入ってるでしょう。シナモンはボケ防止に効くっていうじゃない。これで私もばっちりだわね。ああ美味しいっ、すっごくまろやか！」

「そ、それはよかったです」

私が使っているのはシナモンではない。クローブやナツメグだ。どれも似た香りがするので、プロでもなければ間違えるのはしょうがない。

葉山さんが食べ終わるのを見計らって、若尾さんがそっと近付いていく。そして何かを差し出した。水色と黄色で彩られた本――葉山さんの本だ。

「個人的にサインください！　わたし、先生の『P．S．』何度も何度も読みました。冒頭一行目から伏線だったなんて最高です。あと好きな登場人物は真太郎《しんたろう》で、それと」

「………………」

テレビ画面の砂嵐を前に食事しているかのごとく、見事な完全無視だった。

「諦めたほうがいいわよ、お嬢さん。センセは絶対にサインしない主義みたい。私もほしくてほしくて仕事のたびに全身全霊でお願いしてるんだけど。残念よねえ」

何も言わず、葉山さんが音もなく席を立った。千円札一枚をテーブルに置き、フラフラと出て行ってしまう。

「センセ、お部屋まで気をつけてくださいね。足元よく見て！」

渡辺さんの言葉に、若尾さんが吹き出した。

「なんかお母さんっぽいですね」

「笑い事じゃないのよ。センセってああ見えてドジっ子なの。寝不足で階段から転げ落ちそうになったり、酔っ払ったまま熱いお風呂に入って死にかけたり、たこ足配線しすぎてボヤを出しかけたり――ああそうそう、お湯を沸かそうと小鍋を火にかけたまま、忘れて寝ちゃったこともあったわ。その挙げ句、『俺、鍋を火にかけてたか？』とかなんとか言い訳するもんだから、さすがに私も注意したわよ」

致命的なレベルのドジっ子だ。若尾さんも「怖っ」と怯《おび》えた。

「まあ重大な事故になったことはないけどね。だいたいいつも倉田さんが気付いて、危ういところでセンセを助けてくれるの」

渡辺さんはコップを両手で包むように握り、

「だけど倉田さんはセンセに甘すぎる。ボヤになりかけた後も『お怪我《けが》がないのなら何よりです』なんて、涼しい顔で済ませちゃってさ」

ブツブツ文句を言いつつ、渡辺さんが席を立った。

「ここはいいお店ね。娘と一緒に来られたらよかったな」

「娘さんがいらっしゃるんですか」

「ええ、まあ……。そろそろ帰るわ」

どことなく静かになった渡辺さんは、会計を済ませて店を出ようとした。そこに、すれ違いで男性が入ってくる。渡辺さんの肩に、男性の荷物がぶつかった。

「痛っ」抗議の目で渡辺さんが振り返るけれど、男性はまったく気にせず、店内を素早く観察した。

この辺りではあまり見かけない風貌だ。金髪プリン頭で、どことなく爬虫類《はちゅう》を思わせる顔つきをしている。肩に掛けたカバンからは、何かの機材がはみ出ていた。

「あのさァ、ちょっと聞きたいんだけど」

くだけた雰囲気の中に、陰から獲物を狙うような狡猾《こうかつ》さがうっすら滲《にじ》んでいる。私も若尾さんも、渡辺さんまでもがピリッと緊張した。

「作家の葉山トモキがこの辺をよくうろついてるっていうんだけどさ。おねーさんたち、何か知らないかなァ。この店に来たことない？」

渡辺さんの顔が強張った。男性に気付かれていなければいいけど。

私は意識的に硬い声を出した。

「知りませんし、仮に知っていても、お客様の個人情報を流すような真似はしません」

トカゲ顔の男性は「あ、そう？」とニヤニヤ笑う。

「じゃ、また来るわ」

そう言って、ドアにぶつかるようにして出て行った。

「やだ〜、なんですかあのヤクザ的なアレ」

「センセのファンという風でもなかったわね。今後、何も起こらないといいけど」

渡辺さんは暗い顔で帰っていった。

本当になんだったんだろう。二度と来ませんようにと心から祈る。

けれど、その願いは叶わなかった。

8

月曜日の飲食店は、基本的に客が少ない。一週間の始まりということで、外食に行こうという気持ちの余裕がなくなるのかもしれない。

ただし今日の喫茶ソウセキは、「客が少ない」どころではなく、ゼロだ。いつもならば、夕方のこの時間帯にはカップルや学生が二、三人いて、スマホをいじったりしてるのに。

さすがにマズい。危機感がぶわっと膨れ上がり、肺周辺を圧迫する。しかし同時に悟りもあった。どうせ何をやっても間違ってしまう。先ほども食材業者の平山さんから「もっと店を宣伝しなよ」と説教《アドバイス》されたけど、レストラン評価サイトに登録したところで、何かトラブルが起こるに決まってる。もはや何もやる気にならない。

なので今日は新作開発を諦め、読書することにした。本音を言うと『三四郎』の続きが気になっていた。カウンター内の椅子に座り、はやる気持ちで本を手に取る。

「おはようございまーす」タイミング悪く、若尾さんが出勤してきた。

繰り返すが今日はヒマだ。絶対にバイトが要らない日である。何より若尾さんの時間がもったいない。私はそれをオブラート五十枚に包んだうえで「お給料は払うから帰ってもらっても構わない」と伝えたのだけど、

「え、大丈夫です」と、若尾さんは目を合わせないまま首を振った。

「バイト代とか無くてもいいので、ここにいたいです～」

不思議な子だ。年も六才ぐらいしか違わないけど、理解できる気がしない。

ともあれ私と若尾さんはカウンター内に座って、それぞれ本を開いた。私は『三四郎』、若尾さんは……外国語の本。ときどき頬や手元に彼女の視線を感じるけれど、私はすぐに『三四郎』の世界へ引き込まれていった。


――ついに三四郎は、例の美少女と知り合うことができた。お世話になっている英語教師・広田の引越しを、手伝いに行った先でのことだ。

彼女は美禰子《みねこ》という名で、その雰囲気と知性に三四郎はますます興味をもった。

そこに親友・與次郎も合流。與次郎は広田について「偉大な暗闇」だと評する。広田先生は知識豊富な素晴らしい人物なのに、論文が世間から評価されないのがもったいない、と。

翌日、三四郎は美禰子から「菊人形」見物に誘われた。美禰子を含む五名で会場へと赴くが、美禰子の具合が悪くなる。三四郎は彼女を静かな川辺まで連れ出し、休ま

せることにした。

美禰子が問う。

「迷子の英訳を知っていらしって」

答えられない三四郎に、美禰子は「迷へる子《ストレイ・シープ》」だと教えてくれる。彼女の真意はわからぬものの、すっかり心を奪われた三四郎は、ノートにも「ストレイ・シープ」と書きまくる有り様で……。


〝偉大な暗闇〟！

作中にその言葉が出てきたことに驚いて、何度も前後関係を確認してしまう。

以前、葉山さんは言った。白浜さんは偉大な暗闇だと。ネガティブな意味だと思っていたけど、そうではない。察するに「もっと世間から注目され、光り輝くべき存在」ぐらいの意味だろうか。広田に対する與次郎のごとく、相手を心から尊敬し、理解していないと、出てこない言葉である。

つまり葉山さんは、白浜さんを尊敬しているのだ。それも現在進行形で。なのに、なぜ「誹謗中傷した」という噂が立ってしまったのだろう。

「店長、どうかしたんですかぁ」

若尾さんの声で我に返った。反射的に『三四郎』を閉じる。

「いやその、『三四郎』はあんまり参考にはならないなーとガッカリしまして」

「……参考って？」

「カレー作りの、ですよ。たしかに淀見軒でライスカレーを食べたという記述はありますけど、所詮《しょせん》フィクションですし、それ以上の詳しい描写もないし」

にわかに若尾さんが、「そんなことないですっ」と立ち上がった。

「『三四郎』はフィクションですが、淀見軒は実在しましたし、三四郎が美禰子と出会った池も実在なんですよ」

心なしか、誇らしげだ。

「実はわたし、高齢者向けボランティア的なアレで、有名古典の聖地めぐりを引率したことがありまして。なにしろ三四郎の通う大学ってうちの大学がモデルですから、聖地めぐりも楽々なんですよねぇ」

ちなみに若尾さんの通う大学とは、東大である。

三四郎はあの時代において、大変頭の良い青年だ。それまでは勉強ばかりしてきたのだろうし、女性に好意を抱いたことさえ初めてだったかもしれない。そういうふうに捉え直せば、物語の見方が大きく変わる。これは恋愛物語というよりも――。

「店長、もしよろしければ今度案内しますよぉ。三四郎池とか団子坂《だんござか》とか」

「ありがたいですけど、若尾さんも忙しいのでは」

「全っ然」若尾さんはひらひらと軽く手を振った。

「わたし店長ともっとお話ししてみたかったんで、逆に嬉しいです」

やはり不思議な子だ。同時に、妹がいたらこんな感じなのかもと思った。

若尾さんが夕方の掃き掃除をしに表へ出て行く。すれ違うようにして、

「お邪魔いたします」——エプロン紳士こと倉田さんの来店だ。いつの間にやら、表は暗くなっていた。

「漱石カレーを、ふたつ持ち帰りでお願いいたします」

「よく飽きないですね、葉山さん」

「先生は最低でも一日一食、必ずカレーを召し上がっていらっしゃいますが、本日は自分用です。スパイス構成を研究させていただこうかと思いまして」

「そんなたいそうなものではないですが……」

「いやいや、お見事ですよ」と倉田さんが首を振る。

「シナモンと思いきや実はナツメグ、それもメースのほうですね。ターメリックは最低限しか感じませんが、クミンについてはシードと粉末の二種類を併用、と推測しております。それから、やはり牛肉は事前にマリネしておられるのですか？」

「よくわかりますね！」

食べただけでここまで見抜けるとは、かなりすごい。もしやプロなのではないか。

「私も聞いてみたいことがあったんです。葉山さんの持ってるあのスパイス――」と、店のドアが音もなく開いた。お客さんだろうか。そう思って「いらっしゃいませ！」――全開の笑顔を向けたけど、

「よう、お邪魔するよ」トカゲ顔の男がニヤニヤと片手を上げていた。私たちのほうへ近付いてくるにつれ、倉田さんの顔が曇っていく。

「あれから葉山大先生は来たかい？」

「お答えできません。帰ってください」

「この辺に葉山が住んでる、ってのは摑んでるんだよね。あと一押しなわけ」

トカゲ男が、おざなりに名刺を渡してきた。そこには男の名前にくわえて、大手週刊誌のタイトルがいくつか書かれている。

「雑誌の編集者さん？」

「いいや、フリーのライターだがよ。今は葉山トモキの消息を追っててさァ。白浜センセーを殺したことについて、一言コメント欲しいんだよね」

「そういう無責任なデマはどうかと思います」

「無責任、ねェ」

トカゲ男が、カバンからタブレットを取り出した。画面を私に向けてくる。

白浜さんのブログ、だった。

『もう無理です／皆様に迷惑かけて／ごめんなさい／消えます』

去年の今頃の日付で、その四行だけが表示されている。

「まるで遺書ですね」倉田さんが呟いた。

「そう、そうなんだよオッサン、わかってるねェ。とある情報筋によれば、白浜は葉山から悪意に満ちた嫌がらせメールをじゃんじゃん送られてたんだってな。結果、重度の鬱になって自殺だ。いやあ、ついてないよな白浜も」

「いい加減なことを言わないでください」

「ところがさァ、このブログの更新翌日、某巨大掲示板の作家スレに、噂を裏付けるような書き込みがあったんだよ。『葉山が白浜を殺した』とさ」

反論しかけた私を制して、倉田さんが暗い顔で言う。

「ネット上での匿名の発言など、信じるに値しない。その者が本当のことを話しているという根拠など、どこにもないでしょう」

「かなり葉山と近いヤツだってのは、本人が明らかにしてるんだよなァ」

トカゲ男は画面をスクロールさせた。

「葉山トモキ……初版は八千部、担当編集はマツオカ。新人賞の授賞パーティにも特別に招待されたが、ワイン二杯で昏倒《こんとう》。救急車を呼ぶ騒ぎに。私生活では読書とカレーをこよなく愛し、大の猫好きだが猫アレルギー……だとよ。葉山に関する情報が出てない中、ここまでバラせるのは身内しかねえだろ」

前に若尾さんが「授賞式で事件があったらしいけど詳細不明」と言っていたのは、このこと？

「もちろんウラも取ってあるぜ。他の出席者どもはクチが堅くて使えなかったけどよ、パーティ会場でバイトしてた野郎がべらべら喋《しゃべ》ってくれたんだよなァ。なんでもあの日、葉山大先生は――」

トカゲ男は得意満面で葉山さんの情報を暴露し続ける。残念ながら、たしかに身内からのリークで間違いなさそうだ。

「だけど『殺した』なんてひどすぎます。実際白浜さんは消息不明のようですけど、彼女が亡くなられたという証拠だってないはずですよ」

私の反論に、トカゲ男はなにやら指を折って数え始める。

「――芥川《あくたがわ》、太宰、川端、有島《ありしま》、三島《みしま》」

倉田さんが眉間にシワを寄せた。

「自死を選んだ文豪、ですか」

「そういうこと。作家なんて繊細なくせにひねくれてるから、ちょっと追い込まれればすぐ死ぬし、特に理由がなくてもとりあえず死ぬ。歴史がそれを証明してる」

白浜さんのブログを思い出す限り、彼女もかなり繊細だったようだ。それに葉山さん自身も言っているのだ。『俺が殺したのかもしれない』と。

「あのような天才が……同業者を殺すなどと」

哀しげな倉田さんに、トカゲ男が詰め寄った。

「なんだよオッサン、まさか葉山を知ってんのかァ？」

このままではいけない。私は二人の間に割って入ろうとした。

そこへ、「店長、準備終わりまし……あっ」

店内に戻ってきた若尾さんが、トカゲ男を指さした。

「このまえのヤクザ的なヒトっ」

すかさず、若尾さんは店の電話機を手に取った。「通報します！」

面倒な事態になることを恐れたのか、トカゲ男が逃げていく。「人殺しは世間から裁かれるべきだろうが」と、捨《す》て台詞《ぜりふ》を残して。

「店長もおじさんも大丈夫でした？」

「ありがとう、若尾さん」

言いながら、私はちらりと倉田さんに目を向ける。何やら深く沈み込んでいたようだけど、私の視線に気がつくと、いつもの穏やかな笑みを浮かべた。

「申し訳ない、うろたえてしまいました」

「いえ、私こそ。……あ、カレー準備しますね」

　ようやく「いつも通り」に戻ることができた。若尾さんはトカゲ男が触れたあとを除菌してまわり、私は大急ぎでカレーをふたつ準備する。そんな光景を前に、倉田さんが独り言のようにしゃべりだす。

「先生は、この頃ひどくお疲れでして。夕方近くまで起きていらっしゃいませんし、もはや何をする気力をも失われたらしく、食事に手をつけないこともございまして」

　葉山さんの鬱症状は、想像以上に進行しているようだ。

「昨日も猫を避けようとして、本棚に頭から激突なさいましてね。脳しんとうを起こされたのではないかと、気が気ではありませんでした」

「た、大変ですね、色々と」

　テイクアウト容器に詰めた漱石カレーを、袋に入れて倉田さんに渡す。

「お会計ですねぇ」とレジへ動く若尾さんだけど、倉田さんと肩がぶつかって、

「あっ」倉田さんが大きくよろける。なんとかカレーは無事だったものの、カバンの中身が床にばらまかれてしまった。飴色の革財布、シワひとつないハンカチ、手帳、そして付箋だらけの単行本。あれ、あの特徴的な色使いの表紙は……。

　私が何を言うより早く、倉田さんは本を拾い上げ、そそくさとカバンに入れてしまった。何事もなかったかのような顔で改めて会計を済ませる。

　店を出る間際、「そういえば」と振り向いた。

「先生からの伝言です。『漱石日記』を資料として使いたいので、次の休業日までに返してほしい、と」

「あ、やっぱり必要なんですね」

本の内容はすべて頭に入っていると葉山さんは言ってたけど、そんなわけないか。

「また書く気になったのなら、本当によかったです」

「……そうですね」

その困ったような曖昧な笑みは、なぜだか胸の中にいつまでも残っていた。


業務用冷蔵庫に貼り付けた、大判カレンダーに目をやる。

次の日曜、外壁を含めた共用部の大規模清掃と設備点検が入ることになっていた。

そのため、すべてのテナントが休みとなる。

うちの場合、店の休業日と繋がるようにしたので、つまり来週は二日連続でお休みだ。日曜夜に、翌日分の仕込みをすることもない。日帰り旅行でも出来そうだ。

「店長は、ご実家に帰ったりしないんですか」

「数年ぶりに帰ろうかなと思ってはいたんですけど、連絡がつかないんですよ」

一昨日から何度か電話をかけているけど、〝お客様の都合で〟繋がらない状態だ。

また料金滞納かな。けれど、ほんの少しだけホッとしていた。

「それなら数時間、いえ一時間でいいので、ちょっと付き合ってほしいんですよぅ」

若尾さんは両手を組み、祈るような顔をしている。

私は特に悩むこともなく、「いいですよ」とうなずいた。

9

今日はいよいよ休業日。店が入っているビルには、すでに清掃業者が来ているようで、エレベータ前には大量の機材が積まれている。

私はビルの四階、葉山さん宅の前にいた。もちろん『漱石日記』を返すためだ。

黒く光る郵便受けに、本を滑り込ませる。本がコトンと音を立てて落ちていく。それでおしまい。

だけど私はその場を離れることができなかった。

窓の向こうに灯りは見えない。再び、インターホンを押してみようかと思ったけど――やめた。きっと大丈夫、私が考えすぎなだけ。

と、背後でエレベータが停まる。なんだか気まずくて、私は急いで階段へ向かった。

目の端に、見覚えのある金髪プリン頭が映り込む。例のトカゲ男だ。なぜ住所が特定されたんだろう……。

トカゲ男はインターホンを連打し、ドアをガンガン叩き始める。

「おい、そこにいるんだろ。なんで白浜を殺したのか、教えてくださいよォ！」

ゾッとするような言葉が、そこら中に響いていた。

私は部外者だ。事情を知らないくせに、これ以上クチを突っ込むのもおかしい。でも私の決断はいつも間違ってる。だとすると、本当は助けたほうがいいの？　たとえばこの場で通報するとか。でも。だけど……。

唇を噛《か》みながら一階まで降りると、

「店長〜！」笑顔の若尾さんが待っていた。

五月の太陽って、こんなに眩《まぶ》しいものだったっけ。

こうしてお日様の下を歩くのも、久しぶりのことだ。普段は店の外に出ないし、休業日も家にこもって新作の研究をしていたから。

並んで歩く若尾さんが、興味を隠しきれないといった様子で尋ねてくる。

「で、葉山先生はお元気そうでしたかぁ？」

「かなりダメっぽいです」

実は先ほど――本を郵便受けに入れる前、私はインターホン越しに葉山さんと話をした。『よろしければ今日、一緒に出かけませんか』と。

葉山さんは沈みきった声で『文学に関係ないことは、どうでもいい』。

きっと頭の中から文学や創作以外のことを排除してしまったのだ。書きたくても書けない、しかし文学から一瞬たりとも離れていてはいけない。そんな思い込みに縛られているのだろう。それに白浜さんとの〝事件〟も、きっと書けない要因の一つ。間違いなく、葉山さんは極限ギリギリまで追い詰められている。

「まるで序盤の『三四郎』みたいでした」

三四郎も、勉強のしすぎで鬱になったのだ。

「葉山先生には、與次郎みたいな親友的存在がいなさそうですよねぇ」

「おおむね同感ですけど、若尾さんってわりと失礼ですよね……」

次第に周りを歩く人の数が増えてくる。私たちも含めて、大勢が同じ方向を目指していた。――東大である。今日は五月祭《ごがっさい》という催し物の真っ最中らしく、周辺の混雑ぶりは凄《すさ》まじい。高校の学園祭とはスケールが違って中高年や子ども連れも多く、熱気と活気が門から溢れ出て見えるようだった。

人の波にもまれつつ、若尾さんとはぐれないよう構内を進む。ずらりと並ぶ屋台に心惹かれ、展示の呼び込みをする学生たちの声に気をとられ、ついうっかり自主制作映画を観たくなったあたりで、

「あらぁ、もしかして店長さんじゃない？」

後ろから声をかけられた。振り向くと、渡辺さんの姿があった。カラフルな綿菓子を右手に握り、小さく左手を振っている。

「かわいらしい姉妹、と思って見てたの。なんだか雰囲気もすごく似てたから」

うふふと笑って、「今日はカレー店もお休みなのね」

「あ、葉山先生のとこの……。偶然ですねぇ、お近くにお住まい的な感じですか」

「いいえぇ、もっと海のほう。大森《おおもり》ってとこ」

そんなことを喋りつつ人の流れから外れ、近くの木陰に落ち着いた。

「今日は娘の代わりに来たの。毎年一緒に楽しんでたからね、今年も来なくちゃダメでしょって思って」

「娘さんがいらっしゃるんですね」

「そうよぉ、ほら、これ。自慢の娘！」

渡辺さんがガラケーを開き、写真を見せてくれた。透明感が強い印象の女性である。

「うちの娘ね、あなたたちと同い年ぐらいだったんだけど、去年死んじゃったの」

予想外のお話に、私たちは言葉をなくしてうろたえる。

渡辺さんは、諦めたようにフッと微笑んだ。

「ま、色々あってね。だけどあの子は幸せだったんだから、私は泣くまいと……」

言いながら、目元をぬぐう。

「私はね、もともと花屋だったの。娘も時々手伝ってくれて、母娘ふたりで仲良くやってた。けど、娘がいなくなってからはもうダメで……思い切って転職したわけよ」

「それで家政婦さんに？」

「私に出来ることなんて、花の世話の他には家事ぐらいしかないから。でも家政婦紹介所に登録してすぐ、あの葉山センセのところで募集が出たと知って驚いたわ。驚きすぎて笑っちゃった。なんて私は強運なんだろうって」

渡辺さんの手の中で、綿菓子がふらふら揺れている。

「だって娘の最期の願いを叶えてあげられるのよ。……私が、この手で」

今のはどういう意味だろう。なにか不穏な響きがあった。聞き返そうと思ったけれど、渡辺さんはガラケーの時計を二度見して、「いけない！」と声をあげた。

「もう映画が始まっちゃう」

じゃあね、と渡辺さんが雑踏へ戻っていった。残された私と若尾さんは、ちょっとだけ顔を見合わせて、それからまた三四郎池に向かって歩き出す。

東大名物・三四郎池——というのは通称で、正式名称を「育徳園心字池《いくとくえんしんじいけ》」というらしい。江戸時代に造られたと、若尾さんが教えてくれた。たしかに趣があって美しいけれど、それだけだ。観光地のように特殊な空気はこれっぽっちも感じない。

ただ、漱石も同じ風景を見たのだと思うと、感慨が身体中を駆け抜けた。漫画やアニメの聖地巡礼がブームになるのもうなずける。これはステキな体験だ。

その三四郎池の周りも、やはり混雑はしていた。アイスを食べる高校生たち、赤ちゃんの汗をぬぐう母親、池のほとりで座り込むカップル……。

落ち着けそうな場所を探しているうちに、「お待たせしました～」と若尾さんが戻ってきた。ピンク色のレモネードをふたつ抱えている。すでに細かな水滴が浮いているそれを、「どうぞ」と私に渡してくれた。

「この池、わたしも好きなんですよぉ。考え事したい時とか、よく来るんです」

若尾さんはストローを指先でいじりながら、

「将来のこととか、親のこととか。悩まなきゃいけないこと、いっぱいあるし」

「若尾さんはすごいですね。ちゃんと色々考えてて」

「すごいのは店長のほうじゃないですかぁ。あんまり年齢違わないのに。今のお店やる前は、どこかで料理人してたって前に聞きましたけど」

「別に偉くもすごくもないですよ、普通に生きてきただけですから。レストランでの数年間は忙しかったけど、おかげで開店資金も貯まりまして」

「えっと、ご実家の援助的なやつもドカーンとあったんですよねぇ？」

「それがまったく」

首を振ると、若尾さんの口が「え」の形で固まった。しかし次の瞬間、レモネードを握りつぶす勢いで身を乗り出してくる。

「つまり自分の力だけでお店開いた的な……。えええ、それすごくないですか！　だって店長のお父さん、お金持ちのはずなのに頼らないとか」

「うちの父が、金持ち？」

「あ、ええと……なんとなくそうかなーって思ってみたりしてたんですけどぉ」

若尾さんは、しどろもどろに言葉尻を濁しまくる。

なぜそう感じたのかはわからないものの、残念ながら答えはノーだ。

「うちはごく普通の庶民ですよ。だいたい父とはそこまで仲良くなかったので、援助なんてお願いできるような雰囲気では」

「ちなみに店長のお父さんって、どんな方ですか」

「父はＩＴ系のエンジニアをしてまして、昔からあまり家にいなくて。必然的に会話が少なかったんです。ほとんど相談とかもできなかったし。仲良くないように思えちゃうのも、そのせいですかね」

虚勢だった。そもそも家族ならば最低限あるはずの会話さえ、我が家にはなかったんじゃないかと思っている。今でも実家には自分の居場所がないような気がするし、父と向かい合うと身体がピリピリ緊張する。

「じゃあ、店長はぜんぶ自分で決めてやってきたんですねぇ」

「結果的にはそうなります」

父に相談することはできなかった。在宅時間が合わなかったせいもあるけど、「父は私に興味がないのではないか」という私の不安が主な原因だ。

いつも自分ひとりで悩むしかなかった。友達も祖父も、誰に相談することも躊躇《ためら》われた。そうやって選んだ道は、ほとんどが間違っていて。店を開いたことも、きっとそう。私はいつになったら人生の〝迷へる子《ストレイ・シープ》〟から抜け出せるんだろう。

「あの」若尾さんはレモネードから口を離した。それから、知り合って以来初めて私と目を合わせてくる。

「店長。わたしアルバイトやめます」

手の中のカップが、急に冷たさを増したようだった。

遠からず、こんな日がくるとわかっていた。うちの店はあまりにもヒマで、そのうえ時給も最低賃金基準すれすれだ。まさしく青春の無駄遣い。若尾さんのように賢い子なら、とっくに気付いていただろう。でも、突然すぎた。

「若尾さん……やめちゃうんですか」

「ごめんなさい」

やめないでほしい。バイト代を捻出《ねんしゅつ》するのは苦しいけど、それでも彼女にはいてほしかった。もはや戦友のような感情さえ抱いていた。だけど辞職を止める権利はない。

ここは「わかりました、今までありがとう」以外の返事などないのに。

私が戸惑う一方で、若尾さんはハの字眉をギュッと寄せ、苦悩の表情で唇を噛む。

「店長、わたし――本当はやめたくないんです。いえ、やめたほうがいいんだろうけど、でも本心的な意味では……あの、なんていうか、わたしは緒川店長と」

若尾さんは混乱しきっているように見えた。一体どうしたんだろう。

そのとき、カバンの中から微かな振動を感じた。誰かから着信だ。若尾さんの様子も気になるけど、電話も気になる。スマホを取り出すと、画面には「葉山さん」の文字。強烈にイヤな予感がした。慌てて画面をタップする。

「もしもし、葉山さんですか」

応答はない。ゼエ、ゼエ、という妙な息遣いだけが小さく鼓膜を震わせた。

「葉山さんですよね。わざわざ電話かけてくるなんて、一体どういう――」

「別に、何も」

たったそれだけを言うのに、十秒以上かかっている。

「ひょっとして、体調悪いんですか」

私の言葉に、若尾さんが「もしかしてヤバい事故があったとか」と青ざめる。

「前に家政婦さんが言ってましたよね、階段から落ちただの酔っ払ったままお風呂入って死にかけただの」

私も同じことを思い出して、背筋が一気に冷えていく。

「葉山さん、何があったんですか」

「……下……き」

聞き取れない。私はもう一度「葉山さん！」と繰り返した。直後、「うるさい」と地を這《は》うようなお返事をいただいた。

「本棚の……下敷きになって、動け、ない」

ドジっ子にもほどがあるけど、かなりの緊急事態だ。本棚で胸などが圧迫されると、最悪の場合は死に至る。

「今日は倉田さんいないんですか⁉」

「……休み、だ」

「だったらのんびり電話なんかしてないで、早く救急車を」

焦る私に反して、葉山さんは落ち着いていた。

「騒がれたくないし……もう……いい。このまま死のうと思う」

まるで自然の定めた理《ことわり》であるかのように、そう言った。

「俺にとって文学が世界の全てだ。子どもの頃からそうだった。なのに読めば読むほど書けなくなった。あんなにすごい話を書けるイヅミさんだって……もういない。きっと俺が殺してしまったから」

淡々とした口調に、スマホを持つ手が大きく震えた。

私に電話をかけてきたのは、最期の言葉を伝えるためだったのか。でも葉山さんの言うことはおかしい。何が「このまま死ぬ」だ。

だいたい電話が嫌いなくせにこんなときだけ電話をかけてくるなんて、それこそが「生」を求めている証拠だろう。本当に心の底から真剣に熱烈に「死」を望んでいるのならば、電話なんかしないでひっそり死ぬはずだ。だけどこの気持ちを、どう伝えたらいいのかわからない。胸の中で言葉がくすぶる。すぐそこでは、三四郎池が静かに小波《さざなみ》を寄せている。

瞬間、脳内に何かが降臨した。

「葉山さんのバカ！　バカバカ！」

突然の大声に、若尾さんがギョッとして後ずさる。

「そうやって死んだ本ばっかり読んでるから、生きてる頭だって助からないんです！いいからさっさと外へ出て、風を入れろっ」

「ちょっと待て、それ『三四郎』の……というか『外』と言ってもこんな状況で」

戸惑う葉山さんに構わず、私は電話をぶち切った。

「ごめんなさい、ちょっと行ってきます」

「えっあの、店長、どこへ」

「三四郎を引きずり出しに」

私はレモネードを飲み干すと、カップをカバンに突っ込んだ。

一呼吸入れて走り出す。迷っている暇など、微塵《みじん》もない。

10

エレベータを待つ時間がもどかしくて、ビルの階段を駆け上がる。四階、葉山さん宅の無機質なドアを引っ張るけれど、やはり鍵が掛かっていた。玄関横の窓もダメだ。頭に浮かんだのは、同じビル内にある家政婦紹介所。葉山さんの親戚がやっていると聞いたから、鍵を持っているかもしれない。だけど、今日はすべてのテナントが休みなのだった。

誰も頼れない。私の力だけでやるしかない。かといって大事《おおごと》にはできない。今日は日曜で人通りも少なくないし、何よりトカゲ男に嗅ぎつけられてはおしまいだ。

考えたのは、ほんの一瞬。ひとつのアイデアが、稲妻のようにひらめいた。頭の中から霧が晴れていく。道が……見えた。

「葉山さん、もう少ししたら行きますからね！」

私の存在を叫んで知らせた後、階段を駆け下りた。大急ぎで喫茶ソウセキに入り、棚から鋳物の鍋を取り出す。それを布巾で包みこむと、四階へとって返した。息が上がってる。汗も噴き出てくる。それでも足は止めない。

ほどなくして四階に戻った私は、窓を前に呼吸を整えた。やるしかない。

幸い今日は建物全体を防塵《ぼうじん》シートが覆っているから、そこまで音も漏れないだろう。そう信じて、鍋を窓に叩きつけた。ゴン、と重い反動が腕をしびれさせる。もう一回、全力でフルスイング。ついにバシャッと音がして、窓ガラスが砕け散った。ちなみに鍋は無傷である。ありがとうフランス製の鍋。

割れた穴から腕を入れ、鍵を回して窓を開ける。ようやく中に入ることができた。室内は薄暗いうえに埃っぽくて、よく見えない。葉山さんはどこだろう。声ぐらい上げてくれたらいいのに。

「葉山さん、どこですか！」

そういえば、と思い出す。ひとつだけ、妙に不安定な本棚があったはずだ。あれはどこにあったっけ。……そう、応接間だ。

応接間とは名ばかりの、本棚だらけの部屋に急行する。そこで見たのは、倒れた巨大本棚と無数に散らばる本、そして胸から下を挟まれた状態の葉山さんだった。

「葉山さんっ」足元の本に気をつけながら歩み寄る。葉山さんも生きてはいるようで、ぼんやりと私を見上げてきた。

「しっかりしてください！」

私は、葉山さんの脇の下に腕を滑り込ませると、なんとか引きずり出そうとした。が、できない。本棚が重すぎた。そこで手当たり次第に本を積み重ね、本棚と葉山さんの間に隙間を作る。膝をつき、渾身《こんしん》の力で今度こそ引きずり出した。

隣の本棚にもたれるように座らせると、鼻先をふわっと甘い香りがかすめた。この匂いはよく知っているものだ。でも名前が出てこない……。

「……すまない」

舞い上がる埃の中で、葉山さんがうつむいた。呼吸が少し荒いものの、命に別状はなさそうだ。

「何があったんですか。また頭から激突したとか？」

言いながら、改めて本棚を見つめる。アンティークの本棚はやはり巨大で、想像以上の重さを感じた。こんなのが倒れてきたのに、死んでいなかったことは奇跡かもしれない。私は心からホッとしていた。

また、葉山さんを救出した際、無数の本にまぎれて『漱石日記』と『ひかりふる』も一緒に引きずり出されている。

「これ、さっき私が郵便受けに入れたものですよね」

「そうだ。元のところへ戻そうとしたら、そこにイヅミさんの本が入っていた。恐らく渡辺さんが適当に片付けたんだと思うが、簡単に抜けないぐらいぎゅうぎゅうに詰め込まれていた。全力で引き抜いた途端、重心が崩れてこのザマだ」

「この前も見ましたが、かなりぎっしり入ってましたよね。おまけに木棚自体がすっごく不安定だし、いつか倒れるんじゃないかと怖かったです」

　まさか葉山さんが巻き込まれるなんて予想もしてなかったけど。

「とにかく電話してくれてよかったですよ。死んじゃったら、おしまいですから」

「きっと俺も生きたかったんだろう。無意識のうちに、手がスマホを握ってた」

　葉山さんは、どことなくばつの悪い顔をしていた。

「とにかく、出ましょうか」

「賛成だ。こんなところを倉田さんたちに見られでもしたら大変……、あ痛っ」

　立ち上がろうとした葉山さんだけど、胸を押さえてうずくまる。

「だ、大丈夫ですか」

「……痛いが、死に至る可能性はないと思う。もう少し休めば問題ない」

　肋骨《ろっこつ》の辺りを打ったのかな。ついでに脚も痛めたらしく、伸ばし方がぎこちない。

「でも葉山さん、また小説を書けるようになったんですね。それもよかったです」

「何の話だ」

「だって『漱石日記』を新作の資料として使うんでしょう？　だから今日までに返すようにっておっしゃったんですよね」

「俺はそんなこと――」

葉山さんは黙り込み、顔をしかめた。どこか痛むのだろうか。そして私は、またしてもあの香りを強く感じていた。葉山さんの身体から匂ってくるようだ。

「もしかして、頭からスパイス振りかけてませんか」

「どこの部族の奇習だ」

鼻をすすりながら、いかにも心外だと言わんばかりに口元を曲げた。

「昼飯に、きみの店のカレーを食べた。その匂い以外にあり得ないだろう」

「私はこんな、食べた人からむわっと匂うほどスパイス使ってないですよ。ていうかそこまでの量を入れたら、むしろ毒……」

頭の中で、チカチカと黄信号が点滅する。何か微妙な違和感があった。

「そういえば、漱石カレーは冷凍してストックしてるって聞きましたけど、いつも解凍するのは渡辺さんの役目なんですか？」

「まさかきみは、渡辺さんが毒物を混入していると言いたいのか」

「カレーは匂いが強いから、何か混ぜても気付かない可能性が高いですよ」

葉山さんは「何を馬鹿なことを」と笑い飛ばそうとする。だけど私は真顔で続けた。

「今日は倉田さんもお休みで、邪魔が入らない。葉山さんを殺す絶好の機会です」

「……渡辺さんには動機がない」

「動機なら、あるかもしれません」

話していいものかどうか迷うけれど、私はそれを振り切った。

「渡辺さんには、亡くなられた娘さんがいるそうです。それが白浜イヅミさんなのかもしれません」

五月祭で聞いた話だ。渡辺さんの娘は、〝去年色々あって〟亡くなったという。時を同じくして、白浜さんもまた、遺書のようなブログを残して消息を絶っている。

何より渡辺さん本人が言っていた。『娘の最期の願いを、自分がこの手で叶えたい』

――願いとは、葉山さんへの復讐だったのではないか。自分を追い込んだ葉山さんを、苦しめて殺してほしい、と……。

けれど葉山さんは「ありえない」と首を振った。

「イヅミさんは三十代の男性だ」

足元のメガネを拾い、ヒビが入ったままでかけ直す。

「高校まで野球をやっていたが、甲子園直前で骨折して以来、ずっと引きこもっているらしい。そうSNSで打ち明けてくれた」

耳から入ってきた言葉が、脳の手前で十秒ぐらい絡まった。白浜さんは男性――。

「だって白浜イヅミというお名前からして……。それに受賞作も『女性という性自認への葛藤』がテーマで、哲学的で内省的なお話だったと聞きましたよ」

「名前《あれ》はペンネームだ。『ひかりふる』については、イヅミさんが真の天才だからこそ書けた作品だな」鼻をすすり、葉山さんは淡々と続けた。

「つまり今回のこれは、あくまでも俺の不注意と不運と自業自得が積み重なった果てに起きた『ただの事故』でしかない」

「じゃあ渡辺さんは」

「無実」

「葉山さんから漂いまくる、このスパイシーな香りは」

「きみはずっと調理をしているから、鼻が麻痺《まひ》してるんじゃないのか」

怒濤《どとう》の反論に、もはや言葉も出ない。恥ずかしくて死にたくなってくる。だけど、ただの事故ならば、それでよかった。

「そろそろここを出たい。腹が減ってきた」

「そ、そうですよね。出ましょうか」

立ち上がることさえ大変そうな葉山さんに、肩を貸す。そうしてゆっくり玄関を目指した。視界の端で、白い影がちょこちょこ小走りについてくる。

「設備点検が終わってたら、うちの店でカレー食べませんか？　ちょうど試作中のがあるんです」

「いいな」

ふと、葉山さんの身体越しに、台所の様子が目に入る。

テーブルには食べたままのカレー皿が放置され、手前にガラスの小瓶が倒れている。

その蓋は開き、茶色い粉末がこぼれてしまっていた。

「あれは……」

また頭の中で、何かが点滅し始める。

「今日の昼に食べた皿《もの》だ。一応言っておくが、後できちんと洗うつもりだった」

謎の弁解を始める葉山さんをよそに、頭の奥のほうではとんでもない速度で記憶が引きずり出されていった。本棚と漱石日記、自由が丘、白浜さん、拾われた猫、鼻づまり、カレー、そして〝毒〟……。

「葉山さん」――私は、確認せざるをえなかった。

「今日もひどい鼻づまりなのに、よく〝漱石カレーの香り〟だと断言できましたね」

葉山さんは答えない。それで頭の中の信号が赤に変わった。

「もう一つ。あの倒れてきた本棚って、どなたが用意したものでしたっけ」

やはり葉山さんは答えなかった。私はそれ以上追及しない。これがただの妄想であるようにと、そう願っていたから。

一歩ずつ着実に、私たちは玄関目指して歩く。すぐそこに扉が見えていた。やっと、この薄暗くて埃っぽい部屋から出られるのだ。靴箱の上に飾られたスズランも、私たちを祝福しているようだった。

私は葉山さんを壁際に寄りかからせた。

「待ってて下さいね、いまドアを開けますから」安堵《あんど》したのも束の間、――ドアが外側から開かれる。まばゆい外の光の中、その人影は、私たちの姿に微笑んだ。

「おや、店長さん。なぜこちらに」

「倉田さんこそ……どうして」

問う私を差し置いて、葉山さんは「助かった」と大きく深く息を吐いた。

「来てくれてありがとう。本棚が倒れてきて危ないところだったんだ」

心臓のあたりがざわざわする。そうか。やっぱりそうなんだ。葉山さんの態度でハッキリとわかった。でも、これを言っていいのかどうかはわからない。私は相変わらず〝迷へる子《ストレイ・シープ》〟で、今だって踏み出す先が崖じゃないかと恐れてる。

だけどここまできたら、言わないわけにはいかない……気もした。

「倉田さん」声がだいぶ上ずっていた。少し膝も震えてる。

「全部あなたが仕組んだことですね」

倉田さんは微笑んだまま、何も言おうとしなかった。

11

「きみは何を言い出すんだ」

横顔に、葉山さんの非難めいた視線が突き刺さる。それでも私は詰を続けた。

「実は初対面の時からずっと、葉山さんから妙に甘い香りがするなーって思ってたんです。倉田さんなら、この匂いの正体がわかりますよね」

「さて？」

「とぼけないでください。これはナツメグ。シナモンと似て非なる香りです。倉田さんは漱石カレーのスパイス構成まで推測されたほどですし、判《わか》らないわけがない」

けれど「カレーを食べた」程度では、ここまで強く匂ったりしない。意図的に、大量に摂取しない限りは。

「ナツメグ中毒の症状は、吐き気や下痢、めまい、幻覚などです。葉山さんは以前に、幻覚も見たとおっしゃってました。多分ですけど、軽いナツメグ中毒を起こし続けていたと思うんです。……そうですよね、倉田さん」

「なぜ私に聞くのかわかりませんが、ナツメグで中毒を起こすには、相当な量が必要ですよ。そんな量をカレーに混ぜ込めば、先生もすぐに気付かれると思われますが」

「葉山さんは重度の鼻炎です。初めて来店された時から、ぜんぜん治る気配がない。最初は風邪かと思ってましたが、アレルギーですよね。当然、原因はそこの猫ちゃん」

私たちの視線に気付いたのか、子猫は葉山さんの脚の向こうに隠れてしまう。

「待て、猫は関係ない」

「関係ありますよ。その子猫は生後数ヶ月とのことですけど、逆算すると、生まれたのは真冬になります。だけど冬に出産できるのは、人間の庇護《ひご》下にある猫だけ。つまりその綺麗な子猫はペットショップ出身の可能性が高いんです。倉田さんはわざわざ猫を買ってきて、『拾った』とウソをついたのです」

「なんでそんなことを」

「猫好きだけど猫アレルギーの葉山さんに世話をさせて、アレルギーを発症させるためですよ」

私の言葉を理解しているのか、葉山さんの足下から「にゃあ」と可愛《かわい》い声がする。

「どんな原因であれ、鼻がつまると、嗅覚と味覚が鈍ってしまいます。それで倉田さんは、あのマイスパイスとやらを葉山さんに持たせた……」

「きみの妄想は突飛すぎる」葉山さんが呆れたように言った。

「あれはただの『カレーが美味しくなるスパイス』だ。辛みと風味を増強して――」

「そうですね。カイエンペッパーやクミンなど、クセの強いスパイスでマスキングされているのでしょうが、主成分はナツメグのはずです」

台所に立ち入って、小瓶から直接匂いを嗅ぐか舐《な》めるかすればハッキリする。でも、その必要はなさそうだ。倉田さんの顔に、険しさが滲み始めていた。

「先生は賢い方です。仮にスパイスで体調を崩したとして、そんなものを何度も使うとは考えられません」

「……一度使ったぐらいでは中毒が起きないように調整されていたら？」

私の言葉に、葉山さんがハッと息を呑《の》む。

「葉山さんは毎日のようにカレーを食べているんですよね。きっと毎回あのスパイスをドバドバかけてるんじゃないですか」

一度では中毒が起きなくとも、毎日ある程度の量を摂り続ければ、積もり積もって軽い中毒症状を起こすこともある。

そう考えると、辻褄《つじつま》が合う。葉山さんは、倉田さんの持ち込んだ猫とナツメグによって、体調不良の日々を送っていた。具合の悪い日が続けば鬱は加速する。それにくわえて、例の「誹謗中傷した」という噂や、住所の流出――。あの噂も倉田さんがばらまいたのだろうけど、葉山さんが精神的に追い詰められるのは当然のことだった。

「そして今日……私が『漱石日記』をお返ししたことで、葉山さんの〝自殺〟が完成するはずだった。違いますか？」

先ほど葉山さんも言っている。巨大本棚の下から二段目、本来『漱石日記』が入っていたはずの場所には、白浜さんの『ひかりふる』がねじこまれていた、と。文庫本と単行本では本の厚みがまるで違う。分厚い『ひかりふる』を無理矢理引き抜いた瞬間、同時に本棚も引っ張られて倒れたのだろう。『漱石日記』を戻そうとしゃがんでいた葉山さんに、避ける術《すべ》はなかった。

だけど葉山さんは「生」を諦めきれず、私に電話をかけてしまった。それで〝自殺〟は失敗したのだ。そう推測した私を、葉山さんが睨む。

「失礼なことを言うな、倉田さんは恩人だ。今までに何度も俺を助けてくれている」

「それが逆だったとしたら」

「なんだと？」

「命を助けたのではなく、倉田さんはあなたを何度も殺そうとしたのでは？　だっておかしいですよ、なんで葉山さんが危ない目に遭うたびに、いつも倉田さんが助けにくるんですか。小火《ぼや》を出しかけたときも、酔ったまま入浴したときも階段から落ちそうになったときも。だいたい……」

「お待ち下さい、店長さん」と倉田さんが困ったように首を傾《かし》げる。

「先ほどから私が黒幕と決めつけておいでのようですが、このお宅に出入りするのは渡辺も同じこと。ならば、今この場にいない渡辺が真犯人という可能性も」

「ありえません。渡辺さんはスパイスの知識をまるで持っていないのです」

　以前、渡辺さんは漱石カレーの匂いをかいで『シナモンが入っている』と言っていた。本当はシナモンなど入っていないのに。一方で倉田さんは、漱石カレーのスパイス構成を予測できる程の料理通。ナツメグの毒性を知っていてもおかしくない。

「それに、渡辺さんはお花屋さんをしていたと聞きました」

　すぐそこに飾られた、清楚《せいそ》なスズランに目をやる。

「もしも葉山さんを殺したいのなら、あのスズランを使えばいい。刻んでカレーに混ぜれば早いけど、花瓶の水でさえも、人を殺せるだけの毒性があるんですから」

「やめてくれ」葉山さんがうんざりしたように頭を振った。

「倉田さんも渡辺さんも関係ない。今日のことは偶然の事故だ」

　自分が殺されかけたなんて認めたくない、その気持ちはよくわかる。でも見過ごすわけにはいかない。なにより、料理が凶器になりかけたことが許せなかった。

「葉山さん。確認したいんですけど、白浜さんとは古典文学の話で意気投合されていて、特に明治中期の翻訳文学で盛り上がった。お気に入りは森田ナントカと黒岩ナントカでしたよね」

　葉山さんは目を見開き、驚いたように私を見つめる。

「それから、近々会うことになっていたそうですね。たしか自由が丘にある、漱石ゆかりの喫茶店『古桑庵』でしたっけ」

「ちょっと待て、たしかにそれはイヅミさんと盛り上がった話題だが、他の誰にも話したことはない。きみは一体どこから――」

葉山さんが、ハッとしたように口をつぐんだ。私はうなずく。

「そうなんです。このことは倉田さんからうかがったのですが、葉山さんは誰にも何も語る気はなかったんですよね。だから、変だなと思って」

つまり倉田さんの話は、本人から聞いた以外にありえないのだ。

「倉田さん。あなたは、白浜イヅミさんの関係者なんじゃないですか」

私の声だけが、この空間に跳ね返っては落ちていく。

「白浜さんを喪ったことで葉山さんを恨み、復讐に来た。そういうことですよね」

直後、倉田さんの顔から笑みが消える。両の瞳に、明らかな敵意が燃えていた。

「……ええ、たしかにその通り。白浜イヅミは私の弟ですよ」

倉田さんは言う。

「弟は……、達也《たつや》は引きこもりとなってから、作家を目指すようになりました。十年以上もコツコツ書き続け、ようやく日の目を見ることができたのです。受賞の一報を受けた時の、達也の笑顔を私は忘れない。やっと人生の主人公に戻ることができたと、泣いていました」

しかし現実は残酷だった。

白浜さんの本はまったく売れなかったのに、受賞していない葉山さんの本は飛ぶように売れた。そのうえ書評家やメディアからも賞賛の嵐。絶大な敗北感を抱いていたところへ、さらに葉山さんから〝攻撃〟を受け、ついには心を病んでしまったのだという。

「だから、あなたも達也と同じように消えるべきなんです。そう、あいつを潰した責任をとるべきだ！」

倉田さんの悲痛な声が、腕にびりびりと鳥肌を立てるようだった。

「大賞をとった達也がダメだったのに、なぜ編集部のお情けで本を出させてもらったあなたのほうが認められる？　あんまりじゃないか……達也のどこがダメなんだ。あいつのどこがあなたに劣っているというんだ」

うつむく葉山さんを睨んだまま、倉田さんがカバンに手を入れる。刃物かと思って硬直したけど、取り出されたのは一冊の本。葉山さんの著書、『P．S．』だ。

倉田さんは思い切り本を開くと、力任せに引き裂こうとした。

「こんなもの！」――付箋がはらはらと落ちていく。本の上部がねじきれるような、イヤな軋《きし》みが聞こえた気がした。

だけど、やがて倉田さんは力なく本を閉じた。その手が、震える。

「こんな……こんな物語は初めてだった」

倉田さんもまた、葉山さんの著作に魅せられていたのだ。私は問いかける。

「葉山さんから本を借りたとき、私と連絡先を交換するようおっしゃいましたよね。あれはもしかして、あなたの計画を邪魔してほしかったからですか」

「そんなわけがない。私は本当に」

「ではなぜ今、この瞬間、ここに来たんですか。多分、葉山さんが死んでしまわないかと不安になったから……ですよね」

いつもカバンに入れて持ち歩いた本。付箋だらけの本。破り棄てられなかった本。

「無理ですよ。大好きな物語の作者を殺すだなんて」

「違うッ」倉田さんが噛みつくような勢いで叫ぶ。

「私はただ、その男の無様な姿を達也に見せてやろうと」

その瞬間、葉山さんの目に生気が戻る。

「イヅミさんは生きているんだな⁉」

よろよろ立ち上がり、倉田さんに近付こうとする。だけど怪我が痛むのか、低く呻いて再びしゃがみこんでしまった。

「生きて……いるのか……、よかった」

痛みに涙さえ浮かべているのに、本当に嬉しそうな顔で、ふわりと微笑む。

「どうかイヅミさんに伝えてほしい。あなたの物語が大好きです、戻ってくるのをいつまでも待っています、と」

それはあまりにも純粋な、心からの言葉だと感じた。

倉田さんはしばらく言葉を失っていたけれど、

「……筆を折ることは許さない」

そう、声を絞り出した。

倉田さんは背を向け、玄関を出て行く。後には奇妙な静寂だけが残っていた。

12

喫茶ソウセキの店内に、パッと明かりが点いていく。すでに表は暗くなっていたけれど、本の街・神田神保町にはまだまだ人通りがあった。行き交う人々をガラス越しに眺めてから、葉山さんのほうへ振り返る。

「先に病院へ行ったほうがいいと思いますけど」

「動かなければ痛くない。いいから新作カレーを食べさせてくれ」

明らかに葉山さんはくつろいでいた。テーブルの上に手を投げ出し、頬杖《ほおづえ》をつき、あくびまでかましてみせる。

「どうなっても知りませんからね」

呆れながらも、私は嬉しかった。明らかに葉山さんの顔色がよくなってきているのだ。白浜さんが生きていると知ったことで、安心できたのかもしれない。

冷蔵していたカレーを鍋に移し、コンロで温めていく。茶色くてとろみの強いペーストが、ゆっくりと、本来の光沢を取り戻す。木べらで丁寧にかきまぜるたび、なめらかな波が広がって、香辛料の匂いが鼻をかすめた。

「倉田さんのことは、このまま放っておくつもりですか」

「あの人がやったという証拠はない」

葉山さんは落ち着いて見えたけれど、その心中は大荒れなのだろうと察した。水のコップを握る手に、恐ろしく力が入っている。

「……本当は、白浜さんと何があったんですか」

「何もなかった。少なくとも俺はそう思っていた。だからイヅミさんがあのブログを書いたことも、担当編集者から『白浜先生と何かあったか』と聞かれたときも、まったくワケが分からずにいた。だが、妙な噂が広まっていることを知って……もしかしたらと思った」

「何か心当たりが？」

「……励ましたんだ」葉山さんはテーブルに突っ伏すように、深くため息をついた。

「イヅミさんはあの頃、ひどく悩んでいるようだった。『もう書けない、作家をやめたい』と言っていた。だからメールで励ました……つもりだった」

苦悩する白浜さんに対して、葉山さんは『作家をやめないでくれ』と書いたらしい。

白浜さんの本は傑作であり、もっと広く読まれるべきだ。どうか頑張ってほしい。『ひかりふる』の売り上げを伸ばすため、自分も編集部にかけあってみる——等々。

「我ながら、おこがましいにも程がある」

自嘲する葉山さんに、私は何も言えなかった。

励ましたいという気持ちは理解できる。だけど白浜さんの気持ちも、よくわかってしまう。賞も獲っていないのに売り上げで大きく差をつけられた相手から励まされ、応援され、さぞ傷ついたことだろう。それを倉田さんが知り、『弟が葉山から攻撃を受けた』に変換されてしまったのに違いない。

「やはり俺はもう、文学に関わる資格がない。尊敬する作家に筆を折らせてしまったし、どれだけ本を読んでも、もう何も書けなくなった」

「白浜さんのことは、誰の責任でもないと思います。だからそんなに思い詰めないほうが——あ、そろそろ出来ますよ」

甘くて濃い、どこか懐かしいカレーの香りがふんわりと広がっていく。

私は手際よくカレーをサーブした。黒いオーバルのカレー皿に、ほかほかのお米をぽんと盛る。そこに明るい茶色のルウをかけると、米粒ひとつひとつにまとわりつくようにしてとろけ落ちていった。茶色の波間から頭をのぞかせる緑やオレンジの具材、それに白っぽい欠片《かけら》が、つやつやと輝く。その様に、葉山さんが目を細めた。

これで終わりではない。私は冷蔵庫からガラス瓶を取り出すと、その中身を小皿に盛り付けた。真っ赤な宝石のようにきらめくそれは、食べてからのお楽しみだ。

「――お待たせしました、新たな漱石カレーです！」

カレーをまじまじと見つめた葉山さんは、

「なるほど。長ネギに人参、それに鶏肉か。こっちの赤いのは福神漬けじゃないな。よくあるビーツのピクルスでもない。……なんだ？」

「歴戦のカレー魔人でも判らないものがあるんですね」

「妙な呼び方はやめろ」

葉山さんが「いただきます」と、スプーンでカレーを口に運ぶ。

どんな厳しい突っ込みが入るのかとハラハラする私だけど、一口……もう一口、また一口。葉山さんは少しの間、無言で食べ続けた。

「舌に感じるかすかなざらざらは、豆か」

「ピーナッツをペーストにして、隠し味として入れました。甘味ととろみ、それに自然なコクが出てるはずです」——漱石はピーナッツの砂糖漬けが大好きで、胃を悪くしてからも妻の目を盗んではちょいちょい食べていたらしい。死のきっかけとなったのも、ピーナッツだという。せっかくなので、このエピソードも用いてみた。

「なるほど。明治時代のカレーをベースに、漱石の好物で仕上げたわけか」

鍋の残りを皿に盛り、私も新漱石カレーを試食した。

口に入れた瞬間、鼻へ香気が抜けていく。舌の上では甘いけど、後味がピリッと追ってきて、絶妙に後を引く味。とろけた長ネギと人参がまろやかさをプラスして、とにかくルウの舌触りがいい。硬めのお米とも最高に合っている。ゴロゴロと入っている鶏肉は、舌で押しつぶせるぐらい柔らかくて、油分やスパイスとも最高になじんでいるようだ。結論、美味しい。

葉山さんが、ふと思い出したように、真っ赤な付け合わせをぱくりと食べた。

「甘酸っぱい……！」

「今回はイチゴでチャツネを作ってみました。漱石はイチゴジャムがとても好きで、一瓶なめてしまうことも度々あったようなので、ちょうどいいかなって」

チャツネとは、インド料理に欠かせない調味料のこと。その素材は野菜から果物《くだもの》から幅広く、甘いものも酸っぱいものも辛いものも存在する。カレーを作る時にチャツネを入れることもあるけれど、薬味として添えることも多い。

チャツネとともにカレーを食べてみると、絶妙な甘酸っぱさで辛みがマスキングされていて、さらに飽きの来ない味となった……気がする。

葉山さんの食べる速度もどんどん上がる。あっという間に、お皿は空になっていた。

「とても満たされた気分だ。――ごちそうさま」

両手を合わせた葉山さんが、皿に向かって頭を下げた。その姿に、胸が熱くなる。

「まさか本当に、新たな漱石カレーを作り上げてしまうとはな。苦労しただろう」

「たしかに大変でしたけど、何かを創り出すこと自体はとても楽しいです。葉山さんも、だからこそお話を書いているのでしょう？」

葉山さんは、それに答えず目を逸らし、

「だが正直なところ、『三四郎』や『漱石日記』からこういうカレーが生まれるとは思わなかった」

「その二冊を読んでみて、思ったんです。三四郎は漱石本人だと」

私はカレー鍋を水につけながら、本の内容を反芻する。

「上京して世界の広さを思い知る三四郎は、留学したことで日本のちっぽけさを思い知らされた漱石の分身なんですね。與次郎が淀見軒でカレーを食べさせたのも、たぶん三四郎に『新しくて刺激的なもの』を体験させて、心の目を開くため」

英国留学で鬱を経験した漱石は、それをそのまま三四郎に投影したのに違いない。

だからこそ、あれほどまでにリアルなのだ。

「私は、『三四郎』って冒険物語だと感じました」

「冒険？　なぜだ」

「それまで狭い世界だけを見ていた三四郎が、友人と出会って恋を知り、モヤモヤを抱えながらも新たな場所へと踏み出していく――これはまさに冒険ですよ」

私の中には、ひとつの言葉が浮かんでいた。これを口に出すのは失礼かもしれないけど、今この場で是非とも伝えておきたかった。

「だから、葉山さんも文学だけに囚《とら》われず、もっと外の世界を見てください。頭の中に風を入れてほしいんです」

鍋を洗うための水音だけが、やかましく店内に響いている。

やはり上から目線すぎたかな。謝ったほうがいいのかも。だけど葉山さんは、力が抜けたように小さく息を吐いて、「その通りかもしれない」と苦笑した。

「外へ出て、風を入れて……もう一度、か」テーブルの上で握った拳から、たしかに何かしらの決意が感じられた。

「ところで葉山さん、実はあとひとつ気になることがありまして」

「どうした」

「渡辺さんは『娘の最期の願い』を叶えるため、葉山さんのお宅で働き出したようなんです。それが復讐目的じゃないとすると、なんなんだろうと思って」

するると葉山さんが「ああ……」と目をつぶる。

「多分だが、署名だろう」

「署名ってサインのことですか」

がくりとうなだれたまま、葉山さんは動かない。

「毎日毎日要求される。一生のお願い、神棚に飾る、家宝にする、とかなんとか」

「……それぐらい書いてあげても」

私の呟きに、葉山さんが「他の誰にも言うなよ、いいか。絶対にだ」と何度もしつこく前置きする。それから改めて、

「俺は字が汚いんだ」と、弱々しくぶっちゃけてくれた。


その後──。

「病院は行かない」とごねまくる葉山さんをタクシーに押し込み、近くの救急病院まで連行してから、私はお店の前まで戻ってきた。時刻は二十一時をまわり、当たり前だけど店内は真っ暗だ。

今日は本当に色々なことがあった。肩こりを自覚しながら鍵を取り出したけれど、

「あれ、鍵あいてる」

その矢先、店の中から小さな物音がした。

心臓が喉に移動してきたようだ。ドクドクと指先まで震えてしまう。すぐに通報できるようスマホを左手に持って、「誰ですか！」――勢いよくドアを開けた。

暗闇の中、誰かがそこに立っている。

泥棒⁉　気付くと同時に、何かが落ちたような音がした。

人影がこちらへ向かって走ってきた。身構えた私を押しのけて、通用口から走り去る。すれ違った瞬間、ハッキリと相手の顔を見てしまった。

「――若尾さん？」

逃げていったのは若尾さんだった。でも、なんでお店に……。

明かりをつけてみて、私は再び驚いた。床に落ちていたのが『三四郎』だったから。

第2話　冥途に咲くや、鬱金の花

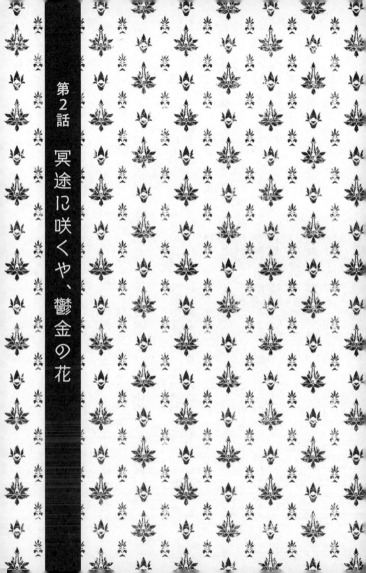

1

八月の太陽、それも都心のビルの四階屋上で感じる太陽は、熱いなんてものではない。容赦ない日差しは足元のコンクリートに跳ね返り、私を蒸し焼きにするべくユラユラと不吉に揺らめいている。二百度に予熱したオーブンの中を思い出すほどの、いっそ死を覚悟する熱さである。

洗濯した布巾も、これなら二時間ほどで乾きそうだ。私はカゴから布巾を取り出すと、共用の物干し竿《ざお》に干していった。どれもテーブルを拭いたもので、カレーのシミなどがついている。除菌はしたけど、漂白の必要はない。新漱石カレーの主な色素はターメリックだから、日光で自然と退色するのだ。

遠くから、かすかにお囃子《はやし》の音が響いてきた。今日はどこかの神社でお祭りがあるのだろう。とすると、いつもより客足が伸びるかも。伸びたらいいな。伸びてくださいお願いします。強く祈って屋上を後にした。

外との明暗差にくらくらしつつ、階段を小走りで降りていく。

——あれから、若尾さんとは連絡がとれないでいる。

履歴書に書かれていた番号にかけてもダメ。住所も架空のものだった。バイト代についても銀行振り込みではなく手渡しを希望していたのは、何か関係あるのかな。だいたい、なんで若尾さんは『三四郎』を持っていこうとしたんだろう。屋内のひんやりした空気でも、このモヤモヤを吹き飛ばすことはできなかった。

実はあの事件から数日後、葉山さんに相談していたのだ。若尾さんが『三四郎』を欲しがる理由なんてありませんよね、と。

すると「金目当てだろう」とシビアなお答えが返ってきた。

「ひとつ確かめたいことがある。『三四郎』を見せてくれ」

言われるがままに『三四郎』を渡す。葉山さんは函から本を取り出すと、裏表紙からめくっていった。

「やはりな。きみも見てみろ、ここだ」

私は葉山さんの手元をのぞきこんだ。いわゆる奥付のページだ。いかにもレトロな書体で《明治四十二年五月十日印刷》とある。

「何がおかしいんですか。若尾さんは昭和の復刻版だと言ってましたけど、忠実に復刻したからこそ、ちゃんと奥付も明治時代のものを模してるんでしょう？」

「よく考えてみろ。復刻版にしては、おかしいことがある」

葉山さんは、奥付の前後をパラパラめくる。奥付の裏には漱石の著作案内、奥付の前のページには『三四郎　終』の文字。何度見ても、それしかなかった。

「昭和後期に発売された復刻版には、奥付が二枚ついている。一枚目が明治時代、二枚目は復刻版として出版された日付だ。しかしこの『三四郎』には、奥付が一枚しかない。つまり、明治時代に出版された本物ということで間違いない」

「め、明治っ⁉」

「そこそこ汚れてはいるが、美品の部類だ。売れば数十万の値がつくだろう」

私は本を手にしたまま動けなくなった。そんなにお高いものを、お店の飾りとして使っていたなんて……。

だけど若尾さんは復刻版だと思い込んでいるようだし、だいたいお金に困っているようにも見えなかった。一体何がしたかったんだろう。ワケが分からない。

とにかく若尾さんがいなくなったことで、お店の切り盛りが難しくなったのは確かだった。

「いらっしゃいませー！」

ラーメン店と勘違いするほどに威勢のいい声が響く。若尾さんが姿を消した後、慌てて雇ったバイトの宮城《みやぎ》さんである。柴犬みたいな雰囲気のフリーター男子だ。

「店長、今日はやたら忙しいっすね。とりま潰れなそうでよかった！」

「宮城さん、そういうことを大声で言わないでください」

お客さんに聞こえたのではないかと不安になった。いや本当のことではあるけれど。

私は厨房から店内を見回す。現在ランチタイムで、全十三席のうち九席が埋まっている。五月の頃とは比べものにならない、素晴らしい状況だ。その理由はふたつ。例の事件の時に生まれた新漱石カレーが好評であることと、そして――

「それもこれも葉山大先生さまさまっすよねー、コネ最高！」

「だからそういうことを大声で言ってはダメなんですって……」

――そう、大部分は葉山さんのおかげなのだった。

先月のこと。葉山さんがうちでカレーを食べている時、編集部から電話があったようだ。無視するのかと思いきや、葉山さんは素直に電話を受け、以前の態度を謝罪。『また書けるようになるまで、もう少し時間をください』とも話していた。

その流れで担当編集者に『いま喫茶ソウセキで食事中、メニューはカレー』と話したところ、さっそく編集部の公式ツイッターで『あのイケメン作家・葉山トモキ大絶賛のカレー店！』などと紹介してくださったのだ。

ちなみにうちはカレー店ではない。……ないけど、大変ありがたい。注文の九割が新漱石カレーで、パイやキッシュやサンドイッチは完全スルーされている現状でも、お客さんに喜んでもらえるのは嬉しかった。

欲を言えば、あともうちょっとだけお客さんが来てほしい。今日は近所でお祭りがあるようだから、人出はあるはず。でもさすがに贅沢《ぜいたく》だろうか。今のままでよしとすべきか。ぐるぐると思い悩みつつ、とにかく調理に集中することにした。

二十二時を過ぎ、閉店時刻が近付いてきた。お客さんはゼロなので、粛々と閉店作業に移行する。結局、忙しかったのは夕方までで、その後はいつも通りの空席具合だ。中途半端な疲労を覚えつつ、売り上げをタブレットで確認していると、

「これ、忘れ物っすかね」

宮城さんが、何かを掲げて見せてきた。淡い藤色の、いかにも上品な風呂敷包みだ。長方形の箱が入っていそうな形に膨らんでいる。

「すぐそこに置いてあったんですけど、名前は書いてなさげっす」

「その席に座ってた人のこと、覚えてます？」

「んんーと」宮城さんが首をひねる。

「今日は客多かったし、あんま思い出せな……あーでも、なんか和服のおばーちゃんいましたよ。これが置いてあった席に」

「おばあさん、ですか」

「カレー食べてたのは覚えてますけど、すげーグッタリしてたし、お祭り見に来て疲

れちゃった系じゃないっすかね」

観光客の可能性が浮上したことで、イヤな予感が大きくなった。もしかしたら二度と来店しないかもしれない。悩む私を残して、宮城さんは「じゃ、お疲れさまっす」と帰ってしまった。忘れ物……どうしよう。

2

私は待った。

風呂敷包みの落とし主、もとい忘れ主がまた来店してくれることを。

宮城さんは「ネットにあげれば一発じゃないっすか」と提案してくれたけど、それはできない。本人確認が難しいうえ、何かあったときに責任がもてないからだ。

この風呂敷包みは、大事な物に違いない。なんとなくだけど、そう思う。本来の持ち主には、できるだけ自分の手で返してあげたい。

一週間待っても忘れ主が現れなければ警察に――と決めてはいたけど、三日経った今日の時点で、すでに気になって仕事が手に付かないほどだ。

それに、たとえ警察に届けたところで、積極的に忘れ主を探してはくれないだろう。警察には保管期限もあるみたいだし、それを過ぎたら恐らく処分されてしまう。

やはり忘れ主本人が「忘れ物しました」と来店してくれるのが一番いい。というか、それ以外にない。でも実際のところ、そんな気配は微塵も感じられない。

私は一体どうすれば……。

悩んで悩んでやがて辿《たど》り着いた結論。それは、

「葉山さん、ちょうどいいところに！　実は相談したいことがありまして」

来店した葉山さんにすべてをぶん投げる、というものだった。

カレーの湯気でメガネをくもらせた葉山さんは、「開けてみろ」と即答した。

「警察に届けるのもイヤだしSNSに頼る気もない、つまり自ら忘れ主を探したいということだろう」

「別にそういうわけではないんですけど……そうするしかないですよね」

「決まりだ」と言って、葉山さんは新漱石カレーを食べ始める。

このハイレベルな決断力が本当に羨ましい。そういえばあの事件の頃も、かなり鬱っぽかったとはいえ、決断力そのものは鈍っていなかった。

どうすれば葉山さんみたいになれるんだろう。私は小さく小さくため息を吐いた。

閉店時刻を迎え、私は店の清掃もそこそこに、葉山さんの隣に座る。

いよいよ風呂敷包みの中をあらためる時がきた。緊張する私にかまわず、葉山さんは躊躇いなく風呂敷の結び目をほどく。中から出てきたのは――本。

「古書か。四冊だな。かなり年季が入っている」

ボロボロの古書を、一冊ずつカウンターに並べていく。

「芥川、三重吉《みえきち》、草平《そうへい》……か」

葉山さんがニヤリと笑った気がする。何が面白いのだろう。どの古書にも、煤《すす》のような黒っぽい汚れやシミ、虫食いが多数見受けられる。正直あまり触りたくない。

最後に出てきたのは、函入りの本だった。なんともいえない妙な雰囲気を感じる。暗い色の函には、キツネなのか龍なのかトカゲなのか正体不明のニョロリとした生き物が描かれていた。真ん中には、生真面目な字体で『冥途《めいど》』の二文字。

「めい、ど？」読み上げた瞬間、得体の知れない恐怖に襲われた。誰かに〝あの世のガイドブック〟と言われたら、うっかり信じてしまいそうな迫力だ。

葉山さんは「すごいな」と熱のこもった声で言う。

「実物の『冥途』は初めて見た」

「どういう意味ですか」

「これは内田百閒《うちだひやっけん》という文豪が初めて出した短編集だ。大正十一年に稲門堂《とうもんどう》書店から発行されたが、ほとんど売れなかった。もう二度と出会えないはずだから、きみも目に焼き付けておけ」

「……そんなに珍しいんですか？」

「大正十二年に起きた関東大震災で、この『冥途』の印刷紙型は焼けてしまったんだ」

売れなかった本。なのに、本の〝基〟が焼けてしまった。それはつまり。

「流通した量が少なかったうえに二度と作り直すこともできない、イコール現存する本はものすごく稀少《レア》!?」

「そういうことだ。極めて美品ならば数十万の値がつくらしい」

目の前の『冥途』は、たしかに経年によるかすかな黄ばみは見られるけれど、他の三冊にあったような虫食いや汚れはひとつもない。

「そこまで貴重な本を忘れるだなんて、きっと心配されてますよね」

「買ったばかりなのか売りにきたのかはわからないが、まあそうだろうな」

葉山さんは改めて四冊の古書を見比べた。

「それにしても、芥川龍之介《りゅうのすけ》、鈴木《すずき》三重吉、森田《もりた》草平、内田百閒ときたか。この四人には共通点がある。みんな夏目漱石の門下生だったんだ」

「漱石の弟子仲間ってことですか」

急に親近感が湧いてくる。

「門下生の中でも、『冥途』の著者・内田百閒は変人度がずば抜けて高かった。借金することを〝錬金術〟と呼んでみたり、小鳥を何十羽も飼ったり、戦後も旧字旧仮名遣いにこだわっていたりした。もちろん、随筆方面でもその個性を存分に発揮している。特に有名なのは『阿房列車《あほうれっしゃ》』と題する紀行文だ」

「紀行文というと『どこそこへ行ってこんな体験をしました』っていうエッセイですよね。あんなので有名に？」

いまいちピンとこない私に、葉山さんは身振り手振りをつけて語り始めた。

「普通は、行きたい観光地やしてみたいことがあって旅行をするだろう。だが百閒は、大好きな鉄道にひたすら乗っていたいという動機で〈なんにも用事がないけれど〉と出かけてしまうんだ。それも借金までして」

「かなりアレな作家さんですね」

「アレなだけではない。この『冥途』のような幻想小説や、『吾輩は猫である』の続編なども書いている。軽妙だが深淵を感じさせる随筆といい……知名度は低いようだが、まさしく昭和の文豪と呼んで差し支えない超奇才だ」

べた褒めだった。百閒のことを心底尊敬しているのに違いない。

「随筆ってエッセイのことですよね。私にも読めそうですか？」

「新仮名遣いに直した〝新版〟なら、初心者にも読みやすいはずだ。最初は『冥途』か『阿房列車』『御馳走帖《ごちそうちょう》』『百鬼園随筆《ひゃっきえんずいひつ》』あたりから入るのがいいと思う。そういえば、百間はカレーについての随筆も書いていたな」

何かを思い出すように、葉山さんの目線が少し上を向く。

「たしか『芥子飯《からしめし》』という話で……そうだ、カレー店の新作に『百閒カレー』はどうだ。百閒には根強くファンがいるから、きっと話題になるし、俺も食べてみたい」

「ご存知のとおりうちはカレー店ではないのですが、新作のヒントになりそうですね。どんなお話なんでしょう」

「あらすじを話そうか。『芥子飯』は──」

ちょっとワクワクしてしまう。漱石の弟子ということだし、『三四郎』や『猫』のように面白い物語なのだろう。

けれど私の期待は、ものの十秒で砕け散った。

「……電車賃を使い込んでまでカレーライスを食べようとしたら、水商売風の女が出てきてビールを勧めてくるけれど、それをガン無視してカレーを食べるだけの話、って……こんなのにどうやっていいイメージを抱けというんですか。メニュー開発にはポジティブな感じが必要なんですよ」

「まあ、待て。他にもカレーの出てくる随筆がある」

「嫌な予感しかしませんが、どんな内容ですか」

「鉄道の食堂車でビーフカツレツを食べようとしたら、『今はコース料理限定の時間だから』と断られたのに、他の客がカレーを単品でオーダーしてるところを目撃してしまってイライラする百閒、という話だ」

「ほぼカレー関係ないですし、やっぱり読後感がモヤモヤするんですけど……」

「まだある。滞納していたガス代を払いに行ったら、ちょうどその会社が昼飯時で、美味しそうなカレーを食べているところを見てイライラする百閒」

「だから読後感が」

「それから、一時期住んでいたところのドブの臭いが――」

「あ、もう察しがつきました。そういうのはダメです」

全て却下した私に、葉山さんは若干不服そうな顔をしていた。そんなに百閒カレーが食べてみたいのだろうか。このカレー魔人め。

「ともかく、忘れ主の手がかりを探すべきだな。古書をあらためていくか」

そう言って、葉山さんは『傀儡師《くぐつし》』と書かれたおどろおどろしい本を手に取った。

「じゃあ私は……」

迷うまでもなかった。さっきから、どうしても惹きつけられてしまうのだ。あの謎の生き物が描かれた『冥途』に。だけど同時に不気味さも感じる。表紙を開いたが最後、あの世へと吸い込まれてしまいそうだと思った。

恐怖よりも好奇心が先に立つ。私は意を決して『冥途』を手にする――その前に、葉山さんから「汚すなよ」と釘《くぎ》を刺されたこともあって、念のため使い捨て手袋を装着した。ドキドキしつつ、函から本を取り出す。その表紙を静かに開くと、

「あっ、いきなり当たりかもしれません」

一枚の白黒写真が挟まっていた。葉山さんに声をかけようとしたけれど、集中して本をあらためているようで、邪魔するのが申し訳ない。

だから、ひとりで写真を確認していく。

写っていたのは、三人の男女。背格好の似た青年が二人と、中央には上品な雰囲気の美少女だ。忘れ主はおばあさんと聞いたけど、この美少女がそうなのだろうか。

それにしても古めかしい風景だ。大正とか昭和初期な感じがする。

場所については、大きそうな街の、何かの店の前ということしかわからない。「オコツ」と見切れた看板が頭上に写りこんでいた。

「あれ、この人……」

思わず呟いていた。少女の左に立つ青年が、私の父と雰囲気が似ている気がしたのだ。一応スマホで写真を撮影しておこう。ネットや図書館で、背景の街や服装について調べれば、新たにわかることがあるかもしれない。

元のところに写真を戻し、私は改めて本を開いた。そっとページをめくる。

目次と思しきページには〈花火　山東京伝　盡頭子《じんとうし》　烏《からす》　件《くだん》〉等と単語が羅列さ

れているだけで、それぞれに対応するページ数が表記されていない。目次のページ自体にも、それ以降の本文にも、きちんとページ数が印刷されているのに。

なんでだろう。印刷ミス？　綺麗な本なのに、ちょっともったいない。

「ああでも、やっぱり中は汚れちゃってる」

ようやく葉山さんが反応した。「どうした？」

「この本、キレイなのは外側だけで、残念なことに本文はシミだらけです」

私は本文を開いて見せた。十頁《ページ》目に薄黄色いシミ。次の頁にも、その次にも。虫食いかカビの類だろうけど、何かの不吉な前触れのようにも感じる。

葉山さんは顔をしかめた。

「なんだこれは……。まさかきみは、カレーをこぼしたのか」

「そ、そんなわけないでしょう！」

「冗談だ。いや、それはともかく」

葉山さんはメガネをかけ直すと、本をまじまじと見つめた。

「おかしいのは、ノンブルだ」

「ノンブル？」瞬きする私に、葉山さんがページ左上隅の数字を指さした。

「このページ数表記を出版用語でノンブルと呼ぶんだが、これがおかしい」

「なぜですか。本にページ番号が印刷されているのは、普通のことですよね」

百閒の意向でな」

「逆だ。大正十一年刊の『冥途』には、本来ノンブルが打たれていない。作者である
「だけど、この本にはきちんとノンブルが印刷されて……あっ」

よく見ると、どのページ番号も、微妙に線の太さが揃っていない。それどころか、微かに滲んだような跡もある。てっきり印刷された数字だと思い込んでいたけど、実際には、誰かがページ数を書きこんでいるのだ。

「きみも気付いたか」

私は慌ててうなずき返す。

「たしかにおかしいですね」

この『冥途』にはノンブルが無い。そこに「読みやすくするため」ノンブルを書き込むことは、あるかもしれない。でも仮にその理由ならば、目次のページにも同じようにページ数を書き入れていないと役に立たない。

「つまりこのノンブル――に見える数字は、何か別の目的があって書き込まれた。そう考えるのが妥当だろう」

開いた『冥途』を前に、私たちは黙り込む。最後までパラパラとページをめくってみたり、奥付や裏表紙や函の内側まで探ってみたけれど、怪しい何かは出てこなかった。少しの沈黙の後、葉山さんが「ん？」と眉を寄せる。

「この黄色いシミは九割方のページについているようだが、一ページの中で一箇所だけしか見られない」

「本当ですか？」私は驚き、シミに注意して観察する。

〝6〟とノンブルが書かれたページでは〈……土手の上までのぞいて居る。向うへ行く程蘆《あし》が高くなつて……〉と、「い」の字のところだけが、カレーを一滴垂らしたように黄色い。〝7〟のページは、〈……丁寧に私に向いてお辞儀をした。私は見たことのある様な顔だと……〉という文章の中の、「し」だけが黄色くなっている。

「変ですね。ジュースをこぼしたようなシミなら、他のところにも飛び散るはずなのに」

「面白いな」葉山さんがニヤリと笑う。

「もしかしたら、これは暗号かもしれない」

さすがに飛躍しすぎだと思ったけど、暗号だとすると納得のいく部分もある。『冥途』はほとんど売れなかったということだから、本の存在を知っている者は少なかっただろう。多分この本を初めて見たヒトは、私と同じで、「ノンブルがある」ことのおかしさに気付けないのだ。

「暗号を解くと宝の隠し場所が浮かび上がってきたりするんでしょうか？」

「試しに、シミのついた字を繋げてみよう」

私たちはさっそく、慎重に文字を拾っていった。

《東、い、し、を、の、つ、海、そ、て、あ、の……》

書き出してから、葉山さんはしばらくの間考え込んでいたようだけど、

「意味のある文章とは思えない」

「ですね」

「まあ、そう簡単に解けたら暗号とは言えないか」

葉山さんはおもむろに立ち上がり、

「続きはまた後日だな。ごちそうさま」

古書四冊と謎と千円札を置いて、さっさと自宅へ戻ってしまった。

3

翌日は、お客さんが少なかった。

夕方から明日用の仕込みを始めていたし、帳簿付けなんか五分で終わったし、お掃除もとっくに済ませたので、閉店が近付く頃にはやることがなくなってしまう。

終電までにはだいぶ時間がある。

私はソワソワして落ち着かない気分でいた。昨日葉山さんと調べた『冥途』に、すっかり心を奪われていたのだ。あれを読みたい。

「……他にも忘れ主さんの手がかりが見つかるかもしれないし」

そんな建前を呟きながら、使い捨て手袋をはめた。

美しい表紙をそっと開く。表題作『冥途』は、本の最後に収められているようだ。

始まりは、こんなふうだった。


〈高い、大きな、暗い土手が、何処《どこ》から何処へ行くのか解らない、静かに、冷たく、夜の中を走ってゐる。〉


最初の一文を読んだ瞬間、周りの空気が急に冷えたような気がした。空調が効きすぎてるのかな。二の腕をさすって、薄手の上着を取りに行く。

改めて、本に意識を集中させた。『冥途』は、こんな内容だった。


どこまで続くかわからないぐらい長くて大きな土手の下に、飯屋があった。「私」はそこに座り、周りの人々の話を聞いている。少しして、隣のテーブルに亡き父らしき男がいることに気がついた。

父の声は「私」に届く。けれど「私」の声は父に届かない。やがて父らしき男は、一度も「私」に振り向かないまま、土手の先へ行ってしまおうとする。

そして、「私」は……。

読み終わった時、唐突に涙がこみあげてきた。普段は閉じ込めていた感情を、無理矢理えぐりだされた気分だ。すん、と鼻をする。

タイトルの意味もわかった。これは〝あの世〟と〝この世〟の境目でのお話だ。冥府へ行く途中、という意味での『冥途』なのだろう。

この作家はたしかにすごい。他の作品に対しても、興味が湧いてきた。

「……読んじゃおう」

開き直って、堂々と最初から読むことにした。どこか怪しく、曖昧で、まるで悪夢を煮詰めたような作品ばかりだ。読んでいるうちに、今この瞬間さえも夢なのかもしれないと感じてきた。

もっと読みたい。この切ない悪夢を味わいたい。

だけどもう終電が近い。さすがに、そろそろ帰らなければ。名残《なごり》惜しくも本を閉じようとした時、再び黄色いシミに意識がいった。

「ひょっとして、謎のノンブルと何か関係あったりしない？」

たとえばシミのついた字から、ノンブルっぽい数字の分だけ進んだ先を拾う、とか。何を馬鹿なことをって感じだけど、物は試しだ。私はメモ帳を手元に寄せて、本の文字を書き出していった。

ノンブルが入っているのは、目次のページからである。左上隅に「５」と数字が書かれていた。〈花火　山東京伝　盡頭子　烏　件〉という行の中で、黄色いシミが落ちている字は「東」だから、そこから五文字先は——「子」となる。

目次の裏は白紙なので、左側の「７」ページ目の文字をたどる。シミのある文字から七文字先は「う」。そうやって十ページ分を書き出したところ、昨日葉山さんと試した時よりは、やや日本語として解釈できそうなものが出来た。

「ええと、『子うこく這もうをはる』……こ、うこく、はる……広告を貼る？」

やはり意味はわからなかった。

４

数日たっても、やはり忘れ主は現れなかった。

だから私は閉店後に、毎日ひとりで暗号解読を進めた。何が書いてあるのか知りたかったし、本に暗号を隠した理由にも興味があったのだ。ちなみに宮城さんにはこのことを知らせていない。今日もまた、「お先に失礼しゃーっす」と元気そうに帰っていった。

そうして、シミのあるページからすべての文字を拾い終わった、その次の日。

「葉山さんお待ちしてましたー！」閉店三十分前に来店した葉山さんに、鬼気迫る表情でお出迎えコールをしたことは、少しだけ反省している。

「あ、ああ」案の定、かなり引かれた。

『冥途』の暗号をすべて書き出したことを告げると、

「解けたのか！」

「いえ、解けたというか、字をすべて拾ってみたというだけなので……。間違っている可能性もすごく高いですよ」。弁明しながら、おずおずとメモ帳を差し出す。私が書き留めた文字は、次のようなものだった。

『子うこく這もうをはる割れももどれぬ食小を仕や氣《き》つ止つらひ字だ云《い》になる見なたからま物りてしあ羽せにい消よそうすけも懸ならつや懸行ふくする澄べてはたく心た踏たりとはになか洋くたつし矢出かん高らふ』

「前に作った文章とまるで違うな。一体どんなふうに解いたんだ」

私は暗号の解読方法を説明した。シミのついている文字からノンブルの数字だけ先に進んだ文字を読むこと。そして二ケタ以上のノンブルの場合は、一の位だけを使うこと。そうしないと文字数の足りないページが出てくるのだ。

「でも、逆にノンブルの数だけ前に戻るパターンも考えられますよね。その方法でも文字を拾ってみればよかったです」

葉山さんはメモ帳を見つめ、腕組みをして私の話を聞いていた。

「いや、恐らくこれで合っていると思う。この文章は、ところどころ日本語として成立しているからな。たとえば〝もどれぬ〟とか〝そうすけ〟とか……」

「本当ですか」

「漢字の部分は、平仮名と同じに扱うのかもしれない。『子』は『こ』、『這』は……『は』と読めそうだ。だが全文の意味となると難しい」

「ですよね。『広告を貼る』なんて暗号にする意味がわからないですし」

気落ちしつつ、私は新漱石カレーを出すために厨房へ戻った。葉山さんの注文はカレー一択なので、わざわざ聞かなくともわかる。

ふっくらツヤツヤの白米に、煮詰まってとろりとした優しいテクスチャのルウをかけ……る寸前で、不意に葉山さんが顔を上げる。

「これは『広告を貼る』ではなく、『こうこくは・もう・おわる』じゃないのか」

「広告がもう終わる……んですか」やっぱりよくわからない。

カレーを運ぶと、葉山さんは何か言いたげな顔でそれをじっと見つめた。

「どうかしましたか」

「いや、百閒カレーはいつ完成するんだと思って」

「作るなんて一言も言ってませんけど」

私の言葉に、葉山さんはあからさまに落ち込んでみせた。がっくりとうなだれ、肩を落とし、盛大にため息までついてみせる。

「百閒カレー、きみではやはり無理だったか……」

なんという言い草。料理人に対する侮辱だ。私の中で、めらめらと炎が燃え始めた。

これはなんとしてでも完璧な百閒カレーを作り上げる必要がある。

だけど百閒という作家について、まったく知識が足りていない。今のところ私の脳内においては、「百閒＝漱石の弟子の愉快な悪夢おじさん」程度の認識だった。

「内田百閒って、どのような方だったんですか？」

尋ねた途端、葉山さんがほくそ笑んだ気がした。けどスルーした。

「岡山の造り酒屋に生まれた百閒は、かなり甘やかされて育ったようだ。『本物の牛が欲しい』と言えば買ってもらえたし、真夜中に『シュークリーム食べたい』と言って家人を買いにいかせたこともあったらしい。そう本人が明かしている」

だけど百閒が十代の頃、突然父親が他界する。その結果、金持ちのボンボンから貧乏生活へと一気に転がり落ちてしまう。

その後、帝大に進学した百閒は、大ファンだった夏目漱石と初めて面会。漱石の門下生となるが、その敬愛する漱石もまた、出会ってから数年で逝去する。大正年間にも、芥川龍之介を含む友人たちを次々と喪ってしまうのである。

「そんな……」私は言葉を失った。

百閒の周囲には、常に「死」が色濃く漂っていた。それはどんなに恐ろしいことだっただろう。信頼する人、尊敬する人、大事な人々が、ひとり、またひとりと消えていくのだ。自分がこの世でひとりぼっちになるような、漠然とした恐ろしさを常に抱えていたに違いない。そしてそれは、私がずっと感じてきたものとよく似ていた。

私もまた、『冥途』と似たような夢をみたことがある。亡き母を雑踏の中で追いかける夢だ。二度と会えない人。会いたい人。考えるだけで辛くなるから、普段はひた隠しにしている気持ち。それが『冥途』を通して、知らない誰かから優しく慰められたような気がした。だからきっと、『冥途』に惹かれたのだろう。

「葉山さん。百閒カレー、作ってみようかと思います」

「そうか。資料になりそうな本を、明日にでも渡辺さんに持っていってもらおう」

「ありがとうございます、さすがカレー魔人」

「そのカレー魔人というのをやめろ」

苦虫をかみつぶしたような顔をしてから、葉山さんはメモ帳に目線を戻した。

「ところでこの暗号、なんとなくだが、『冥途』の内容とリンクしていないか？」

「え、どこら辺がですか」そう聞こうとした時、

「あの、ちょっといいですかね」

野太い声が、喫茶ソウセキの店内に響き渡った。


「まだ営業中かな」……ドアを少しだけ開けて、ワイルドな顔立ちの男性が覗《のぞ》き込んでいる。その風貌をみとめるやいなや、ほぼ反射的に背筋が伸びた。

某カレー専門店の店主さんである。喫茶ソウセキの一ヶ月分の売り上げを一日で超える勢い（※想像です）の、超人気店だ。そんな天上人が、なぜここへ。

店主さんは「ちょっと聞きたいんですけど」と切り出した。

「ここ何日かで、忘れ物ってありませんでしたかね」

その背後から「薄紫の風呂敷包みでして」とやたら疲れた声がする。私が厨房から出て行くと、店主さんの隣で、スーツ姿の男性が小さく会釈をしていた。

広めの額と、顔に刻まれた皺《しわ》の数からして、六十代ぐらいだろうか。グレーのスーツはくたびれていて、いかにも残業帰りといった雰囲気だ。

「あ、すみません。僕はこういう者でして」

男性は腰を折り、丁寧に名刺を差し出してきた。そこには「株式会社××プランニ

ング　営業第一課課長　梅屋《うめや》和彦《かずひこ》」とある。たしか大企業の系列会社だ。

葉山さんが黙って眺める前で、二人を店内にお通しする。手近なテーブルに座っていただくと、梅屋さんはため息とともに語り出した。

「十日ほど前の話なんですが、僕の母が、突然この街――神保町へ観光に出かけまして。『漱石のカレー屋でカレーを食べた』とかなんとか話していたんです」

うちはカレー屋ではありません、と言いたかったのをグッと飲み込んだ。

「ですがその日の晩、母が『本がない！』と騒ぎ出しまして」

「本、ですか」

私は葉山さんに目で語りかける。葉山さんもまた、小さくうなずいた。

梅屋さんのお母様は『本がない、どこかに忘れてきたか盗られたのかもしれない！どうしようどうしよう、あれがないとあたしはおまえに――』とパニックを起こし、そのまま血圧が上がりすぎて入院となってしまった。それで、息子である和彦さんが、仕事帰りに「本」を探していたらしい。

「神保町にあるカレー店を、毎日毎日訪ね歩いていたんです。もう疲れ果てて落ち込んでいたところ、たまたま訪ねたこちらのお店で――」

店主さんがうなずいた。

「〝漱石のカレー屋〟って言葉でピンときてね。そういえば近くで〝漱石〟って文字を見たぞと思って、ここに連れてきたというわけで」

「そうだったんですね」

間違いない。『冥途』を忘れていったのは、和彦さんのお母様だ。葉山さんも同じことを思って安心したのか、カレーを食べ始めていた。

「忘れ物、たしかにお預かりしてます。少々お待ち下さい」——バックヤードから風呂敷包みを持ってくると、和彦さんの顔にパッと花が咲くようだった。

「あっ、それです、まさしくそれ！」

店主さんは「よかったねえ」と笑いながら帰ってしまった。

その後ろ姿に頭を下げた和彦さんは、私に向かっても深くお辞儀をしてくれる。

「母の本が見つかってよかった。本当にどうもありがとうございました」

「お母様も安心して、きっとよくなられますよ」

「そうですね。高血圧も侮れないとはいえ、再発だったらどうしようとそればかり考えていまして。もしそんなことになれば……」

ピピピピ、とどこかで電子音が鳴った。慌てて和彦さんがスマホを取り出す。

「はいっ、梅屋です、お世話になっております」

恐らく習慣的なものだろうけど、口元を手で隠し、電話の相手に頭を下げながら、店の外に出ていってしまった。

「忘れ主が見つかって何よりだ」と葉山さんが独り言のように言う。

「先ほどのサラリーマンのご母堂が持ち主だったわけだが、暗号を作ったのは彼女だと思うか？」

「それ以外にいないでしょう」

私の答えに、葉山さんは「これだから素人《しろうと》は」というような顔をした。

「暗号の中身も多少気になるが、誰がどんな目的で誰に向けて暗号を仕込んだのかを俺は知りたかった」

「それはまあ、たしかに気になりますけど」

でも忘れ主が見つかった以上、謎解きはここまでだ。ほどなくして、電話を終えた和彦さんが、ぐったりした様子で戻ってくる。額には汗が噴き出ていた。

「いや、失礼失礼。ちょっと厄介なトラブルが起きたようでして。申し訳ありませんが、今日のところはこれで」

「お母さんのお忘れ物は」

「申し訳ないのですが、もう少しだけ預かっていただけませんでしょうか。今日はこのまま会社に戻らなければならなくて」

「わかりました」――そう私が言いかけたのを、葉山さんの「もしよろしければ」という一言が遮った。

「その忘れ物、明日にでもお母さんのところへお届けしますよ」

驚いて振り向くと、葉山さんが不気味なほど優しい笑顔を浮かべている。明らかに、自分の好奇心を満たす目的の提案だった。和彦さんは「本当ですか？　いやあ、ありがたいな」と、仏を拝むように葉山さんに対して両手をすり合わせる。これではもう、断れない。

和彦さんがもう一枚名刺を取り出して、裏にお母さんの入院先を書き込んだ。それを私に手渡しながら、

「では、恐縮ですがこちらまでよろしくお願いいたします。……ところで」

和彦さんは、チラリと葉山さんのほうに視線を送る。

「あちらの男性が店長さんですかね」

「いえいえ、店長は私です」

「あ、そうでしたか。……う―ん、あの男性、どこかで見たことがあるような」

ヤバい。葉山さんが葉山さんだと気付かれてしまう。私は和彦さんの視線を遮るように、さりげなく立ち位置を変えた。

「あの人は週三ペースでカレーを食べに来るだけの、何の変哲もないカレーの王子様ですから！」

5

そして、翌日。

私は横浜市南部の某総合病院へと向かっていた。もちろん、梅屋和彦さんのお母様、――昭子《あきこ》さんに忘れ物を届けるためだ。うちから電車を乗り継ぎ、京浜東北線で一時間ちょっと。こんなに長々と電車に乗ったのも、都内を出るのも久しぶり。隣には、不機嫌そうな葉山さん。駅から病院までの道のりも、むすっと黙ったままである。どうやら私の言った〝カレーの王子様〟を根に持っているようだった。

「きみは語彙力が低い。あまりにも低い」

「カレー魔人呼ばわりするなというから配慮したのに……。私にはあれ以外で誤魔化す言葉が思いつきませんでした。百閒カレーの試作も始めることですし、そろそろ忘れていただけると嬉しいです」

「ひとつ伝えておくが」葉山さんが厳しい目で私を睨む。

「百閒カレーは、新漱石カレー並みのものではなくてはダメだ。文学およびカレーファンは、〝知ったかぶり〟や〝手抜き〟カレーなど求めてはいない」

「私もひとつお伝えしますけど、葉山さんがマニアックすぎるだけですからね？」

そうこうしているうちに、目指す建物が見えてきた。受付で面会申し込みを済ませ、エレベータに乗る。病院特有の匂いが、顔にしみこんでくるようだ。

こういうところへ来たのは、祖父が亡くなった時以来。母を喪《うしな》ったときのことは、あまり思い出すことができない。たしかにこういう場所でお別れしたはずなのに。

お母さん。……おかあさん。

『冥途』の読後感が体内に残っているのか、気を抜くと感傷の波に足を取られそうになる。だめだ、今はきちんと用事を果たさなければ。紙袋ごと風呂敷包みをしっかり抱え、私たちはエレベータを降りる。目指す病室は、すぐそこだった。


個室のドアを開けるやいなや、ハリのある声に迎えられた。

「遠いところを、どうもありがと！」

ふくよかな老婦人が、ベッドの上で半身を起こしていた。梅屋昭子さんだ。私たちの訪問について、息子である和彦さんが先に連絡してくれたらしい。

とても八〇代後半とは思えない、剝《む》き卵みたいにつるりとしたお顔で、昭子さんは私たちに笑いかけた。「本が戻ってきてよかったよ」

私が風呂敷包みを渡すと、まるで我が子のようにぎゅっと抱きしめる。

「あの日はさ。神保町で疲れちまってたとこに、大好きな夏目漱石の名前が見えたんだ。神様からのメッセージだと思ったね、ホント助かった。ハイカラなカレー屋さんなんて、ばあさんが入っていいものかとは悩んだけどさ」

「それはよかったです」

私は微笑んだ。うちはカレー屋ではありません、と心の中で付け足して。

昭子さんが、風呂敷包みをほどき始める。

「この本もね、ずっと大事にしてきたんだけどさ。もうそろそろお別れかな、ってね」

「お別れ、ですか？」

「そう。潮時ってやつだ。あたしはさ……息子に、その——恩をね」

昭子さんが躊躇いがちに言葉を継ごうとした矢先。

病室のドアがいきなり開いて、和彦さんが入ってきた。

「母さん、具合はどう？　ああ店長さんたちもいらしてたんですね、その節は大変お世話になりまして」

「か、和彦？　あんた仕事は」

「今日は半休とれたんだよ」

「ああ、え、あ、そうなのかい」

なぜかうろたえる昭子さん。風呂敷をひっつかむと、急いで本を包もうとした。だけど指がもつれて、うまくいかない。和彦さんが、それに気付く。

「その本、懐かしいな。函入りの……『冥途』だったっけ」

和彦さんは、いたずらっ子のような顔になっていた。

「子どもの頃、本に触ろうとして、めちゃくちゃ怒られたんですよ。頭を叩かれながら『これはお嬢さんのだから!』って。よほど大事なものだったようで」

「そんなこと……あったかね」

昭子さんの目が泳ぎまくっている。何やら不穏な気配に、胸がざわざわし始めた。

私には黙って見守るしかできない。それは葉山さんも同じだ。ただし葉山さんの場合、空気を読んでいるとか心配だという理由じゃなく、主に好奇心からの沈黙だろう。

「でさ」と和彦さんが腕を組む。

「前から聞きたかったんだけど、〝お嬢さん〟って誰?」

「え、ああ、えーとね、そう、昔の雇い主の娘さんだよ」

「そういえば母さんの若い頃の話って、あんまり知らないな」

「……そうだね」

追及を逃れられないと悟ったのか、昭子さんは諦めたように肩を落とす。

「で、では、私たちはこの辺で――」

「いいよ、誰かいてくれたほうが話しやすい。カレー屋さんたちも聞いていきな」

昭子さんが、遠い目をして語り出した。

「あたしは六人兄妹の末っ子でね。なんとも貧しい家で育ったのさ」

第二次大戦が始まる直前。十才になる前に、昭子さんは家を出された。自分の食《く》い扶持《ぶち》は自分で稼げ、ということだったらしい。親戚について上京し、奉公先を探したのだという。

幸運なことに、すぐ働き口が見つかった。小さな貿易会社を経営しているセキモトという社長が、住み込みで雇ってくれたのだ。セキモト氏の会社は、漢方薬の材料を輸入したり、その加工を行なうことで、地道に利益をあげていた。

「セキモト社長は、えらく優しい方でさ。読書がご趣味だったんだけど、あたしみたいな無学の下っ端にも蔵書を読ませてくださって。ホントにね……兵隊にとられなければ、もっとご恩返しができたものを」

セキモト氏には娘がひとりいた。それが〝お嬢さん〟だ。昭子さんより五つか六つ年上の美しい少女で、昭子さんを妹のように可愛がってくれたのだという。

「お嬢さんはあたしを色々なところへ連れてってくださった。上野の動物園、浅草の劇場。それに――そう、銀座の《カッコオ》で食べたライスカレーは、ほっぺたが落ちるほど美味しくってね。未だに夢に見ちまうんだよ」

『冥途』などの本は、戦争末期にお嬢さんがくれたのだという。『あなたは本が好きだから』と言って――。

なんとステキな話だろう。葉山さんは、なぜか納得いかないような顔だけど。

和彦さんもまた、優しい瞳でうなずいていた。

「つまり形見の本ってわけか。たしかにそれは大事だよな。子どもの汚い手で触られたくなんかないし……ん？」不意に首を傾げる。

「あれ？　じゃあなんでその大事な本を持って神保町へ？　まさか形見の本を売ろうとしたなんてことは……いやいや、まさかな」

たしかにその通りだ。古書店の多い神保町に、稀少な古書を持って「観光」に出かけるなんておかしい。だけどそんなこと、私が指摘することでもないし……。

「ちょっといいですか」――まったく空気を読まずに、葉山さんが言った。

「それが形見の本ということであれば、腑《ふ》に落ちることがひとつ。それから腑に落ちないことがひとつあります」

6

葉山さんの発言に、和彦さんは驚き、昭子さんはさっと視線を逸らす。

いったい何を言い出すつもりなんだろう。私はもう、気が気でなかった。

「その『冥途』には暗号が隠されていましたが、お二人ともご存知でしたか」

「暗号⁉」

「今朝方、解読できたばかりです」

手帳を取り出すと、葉山さんが文章を読み上げる。

「暗号は、『皇国はもう終わる』で始まります」

「こうこく……というと」やはり和彦さんも戸惑っていた。

「いわゆる大日本帝国です。戦争に負けるまでの間、日本は自らを『皇国』と称し、国民のことも『皇国臣民』と呼び表していました」

ここまで大丈夫ですか、と確認をしてから葉山さんは続けた。

『皇国はもう終わる／我も戻れぬ／口惜《くちお》しや／きっと辛《つら》い時代になる／みな宝守りて幸せに生きよ／そうすけも必ずや快復する／全ては託した／ふたり永久《とわ》に仲良く／達者で／かんたろう』

葉山さんの淡々とした口調も相まって、その暗号は病室の空気を冷え込ませた。

「なんだか、遺書のような」私が呟くと、和彦さんも「ですよね」と同意する。

「どうして本にこんなメッセージが隠されていたのでしょう。しかも暗号で」

葉山さんは手帳を閉じると、チラリと昭子さんの様子をうかがった。

「梅屋昭子さんに伺いますが、この〝かんたろう〟とは、先ほどのお話に登場したセキモト氏のお名前で間違いないですか？」

昭子さんは、窓の外を見つめたままで答えない。逆にそれが答えとなった。

「恐らくですがセキモト氏は、自身の出征が決まり、生きては戻れないことを悟られたのでしょう。それで最期の言葉を『冥途』に遺すことにした……」

「なるほど、そういうことなんですね。だからその本に暗号を」私の言葉に、和彦さんが不思議そうな顔をする。私は記憶を辿りながら解説した。

「この『冥途』にはノンブル、いわゆるページ番号が印刷されていません」

「へえ、そんな本があるんですねえ」

「作者の意向だそうです。でも、まったく売れなかったのにもかかわらず、関東大震災で印刷紙型が燃えてしまいました。つまり、ノンブルがない『冥途』のことを知っている人は少なかった」

「そう」——葉山さんがうなずく。

「恐らくセキモト氏はこう考えたのです。『官憲の連中は、冥途の存在を知らない。だから自分でノンブルを書き入れれば、メッセージを隠すことができそうだ』と」

戦争で負けてしまうまで、日本国民は常に監視の目に晒《さら》されていたらしい。体制や戦況について批判的なことを言うと、逮捕や投獄される可能性さえあった。

セキモト氏は、監視から逃れつつ、さらに自分の正直な気持ちを書き残すための手段として、『冥途』を利用したのだ。

「そういうわけで、『冥途』が形見の本だとおっしゃるのならば、この遺書らしきメッセージも理解できるのです」

葉山さんが言い切った。話がここで終わっていれば、平和だった。

首をひねりつつ、和彦さんが問いかける。

「じゃあ、腑に落ちない点というのは、一体どんなことですか」

「もちろん、このメッセージが誰に宛てての遺書だったか、という点ですよ」

「あっ……！」

「これは明らかに、セキモト氏が娘に対して記したものです。わざわざ暗号にしてまで伝えたかった、大切なメッセージの入った本を、なぜお嬢さんは昭子さんに渡したのでしょうか。俺はそれが知りたかった」

親の形見の本。私にとっては、『三四郎』がそれに当たる。もちろん『三四郎』を誰かにあげちゃおうなんて考えられないし、お金を積まれたって譲りたくない。たとえそれが、妹のような存在だったとしても。

「で、でも、母さんはたしかにお嬢さんからもらったんだよな？」

戸惑う和彦さんに、昭子さんは答えない。

「……どういうことだよ」

その声から、不信感がにじみ出た。

「本来お嬢さんが持っているはずの本を、なんで、ただの使用人だった母さんが」

「なんでもクソもありゃしない」

ようやく、昭子さんが口を開いた。

「社長から『娘に渡せ』って言われて預かったけどさ、お嬢さんだって戦争で死んじまったに違いないんだよ。なら、あたしが貰《もら》ったってかまいやしないだろ」

「じゃあ、さっき『お嬢さんから貰った』って言ってたのは」

「さて、覚えてないね」

「そんな、まさか……」和彦さんが拳を握る。

「人様の大事なものを横取りしたってことか！」

張り詰めていた空気が、その一言でパンと弾《はじ》けたようだった。

「何が『横取り』だい、偉そうに」

振り向いた昭子さんの眼差しは、逆光の中でさえ冷たく光る。

「戦争だよ。ぜんぶ戦争が悪かったんだ」


——昭和二十年、三月。

セキモト氏の出征が翌日に迫っても、お嬢さんは千葉の別邸から都内へ戻ってくることが叶わなかった。東京大空襲が原因だ。

　セキモト氏はそれを知って、『これを娘に渡してくれ』と、昭子さんに本を託したらしい。だけど昭子さんには、次第に憎しみの気持ちが湧いてきた。

「お嬢さんはなんでも持ってたのさ。広い家も、綺麗なお召し物も、宝石も、それに優しくて素敵な婚約者も……。そんなのずるいじゃないか！」

　昭子さんの、風呂敷包みを握る手に、うっすらと血管が浮いている。

「だったら本の一冊ぐらい貰ったって、バチは当たらないだろ」

　そして昭子さんは、その日の真夜中に『冥途』を持って屋敷を脱走したのだという。

「他の三冊、芥川や三重吉の本については、どこで手に入れたのですか」

　葉山さんの冷静な問いに、昭子さんは「拾ったんだよ」と睨んで返す。空襲で全壊した屋敷跡でこれらの本を発見し、退職金として貰ったらしい。

「あたしなんかカワイイほうさ。終戦まで東京にいたけどね、もっとひどい火事場泥棒はいくらでもいたんだ。ある時なんか、死体の口をこじ開けて――」

「もうやめてくれ、頼む」

　真っ青な顔で、和彦さんが絞り出すように言う。

「ウソだろ？　だって『お嬢さんから貰った大切な本』だから触るなって、僕を怒ったじゃないか。それなのに」

昭子さんが、ヘッと笑った。

「お金持ちの社長が、わざわざ『娘に』って託すほどの本だ。価値のあるお宝に違いないさ。それを汚い手で触らせて、価値を下げるバカがどこにいるのかね」

その言葉を、けれど和彦さんは最後まで聞いてはいなかった。途中でフラフラと病室を出て行ったからだ。昭子さんもそれを見ていたけれど、特に何もしなかった。

「さぁてと」

素早く丁寧に、昭子さんが本を包み直す。そして、私にぐいぐい押しつけてきた。

「ほら、早く持ちな。腕がだるいんだよ」

「え、あの」

ワケが分からないまま受け取った。その途端、昭子さんは毛布をかぶり、私たちに背を向けるように寝てしまう。

「あんた神保町でカレー屋やってるぐらいだから、古本屋に知り合いの一人や二人いるだろう。本の売り先を探してきてもらおうか」

「えっ⁉　でも私っ」

「頼んだよ。あたしはもう疲れちまったから」

有無を言わせぬ拒絶っぷりに、私はどうすることもできなかった。

たしかに入院中の身で、ネットの使い方も知らず、息子さんとも喧嘩《けんか》をしてしまった以上、本の売却は難しいのかもしれない。でも、本当にこれでいいのかな。

私は葉山さんに救いを求めるけれど、

「わかりました。ではこれで」とさっさと病室から出て行ってしまった。

「で、では、……また来ます」

慌てて私もそこを去る。鼻をすするような音だけが、耳にいつまでも残っていた。


「――葉山さんっ」風呂敷包みを抱え、大股で葉山さんを追う。ようやくエレベータホールで追いついた。

「これ預からされちゃったじゃないですか！」

「正しくは『預けられちゃった』だが、まあなんとかなる」

エレベータの階数表示を追って、ゆっくり目を動かす葉山さんは、

「どうせ数日もすれば、昭子氏から連絡がくるはずだ。『売るのをやめたい』とな。あるいは和彦氏から『母のことで話が……』かもしれない。どちらにせよ、その時に改めてまた対応を考えればいい」

「先送りってことですか」

「今考えても仕方のないことは、考えない。それだけだ」

潔いというか諦めが早いというか。でも迷わないでいられるのは、やはり羨ましい。

誰かの見舞いに来たらしき一家が、後ろを通り過ぎていく。女性に抱っこされた幼児が、きゃいきゃい言いながら私のほうに手を伸ばした。

「セキモトさんの出征までにお嬢さんが帰ってこなかったから、代わりに本を受け取った……なんて、実際にあり得ることなんでしょうか」

「お嬢さんが千葉にいたというのが事実であるならば、『帰ってこられなかった』のも事実だろう。当時、東京と千葉を結ぶ路線は総武線しかなかったわけだが、昭和二十年三月の東京大空襲によって、大打撃を受けている。車体も燃えたし、瓦礫《がれき》と死体が道を塞いで、歩くことさえ困難な状況だったからな」

「では、やはり昭子さんのお話はウソじゃなかったんですね」

『ぜんぶ戦争が悪かった』……あの言葉が、鉛のように心の奥へ沈んでいく。

ほどなくして、エレベータがやってくる。けれど、満員だった。

7

「じゃ、お疲れさまっす！」

バイトの宮城さんが、コップをびりびり震わせるレベルの挨拶を残して帰っていった。時刻は二十一時を回るところだけど、お客さんが途切れてしまったので、先に上がってもらった。

本を突き返されてから、明日で一週間。葉山さんの予想はあっさり裏切られていた。梅屋さん親子のどちらからも、一切の連絡がなかったのだ。

正直、かなり落ち込んでしまう。本を預からず、病室に置いてくればよかった。でもあのとき預かることを了承したのは葉山さんである。責任の一端は葉山さんにもあるはずだ。なのに知らぬ存ぜぬでスルーを決め込むなんて、ずるい。

しかし、あれほどまでに貴重で稀少な本を、いつまでも預かるわけにはいかない。とはいえ本の売却先を見つけてしまうのもダメだと思う。

「もう明日にでも和彦さんに連絡をとって、強引にお返ししちゃおうかな……」

ただ、ひとつだけ引っかかっていることがあった。昭子さんの言動だ。あれは本当に、本心からの発言なのだろうか。

帳簿などを入れてある棚から、例の風呂敷包みを持ってくる。いつも通りビニール手袋をはめ、丁寧に結び目をほどき、『冥途』を取り出した。

本を開くと、やはり黄色いシミが目に飛び込んでくる。

明るいライトの下で、じっくりとそれを観察した。細かいつぶつぶが見える……気がする。何かの粒子だろうか。絵具にしてはおかしいし。

「あれ、店長なに見てるんすか」

いきなり後ろから声を掛けられて、私は飛び上がりそうになった。いつからいたのか、宮城さんが背後に立っている。「み、みゃ、宮城さんっ」

「や、充電器忘れちゃったもんで。彼女とおそろのヤツなんすけど」

えへへと笑って、宮城さんは改めて私の手元を覗き込む。

「あー、本にカレーこぼしたらダメじゃないすか」

「こぼしてませんから！」

葉山さんも宮城さんも、私をなんだと思ってるんだろう。でも、やけにその言葉が引っかかる。二人とも、これがカレー汚れに見えたということだ。

もしかしてこのシミの正体は……いや、でも、そんなまさか。

再び帰っていく宮城さんに「気をつけて」と声をかけてから、改めて他の三冊と見比べた。すると『冥途』の美しさが際立った。やはりこの一冊だけが異様だ。

昭子さんは先日、『他の三冊は屋敷跡で拾った』と言っていた。たしかに芥川の『傀儡師』には焼け焦げもあるし、破れもある。何より、日焼けによる変色がものすごい。だけど『冥途』には、そういったダメージが一切見られない。つまり昭子さんは、これだけを特別大事に保存していた可能性もある。

「たまたま空襲の被害に遭わなかっただけ、なのかな」

そこへ店の電話が鳴り始めた。昭子さんだと思って、慌てて電話に走ったけれど。

「あーもしもし、漱石カレーさん？」

電話をかけてきたのは、人気カレー店の店主さんだった。

「ちょっとね、今から来てもらえないかな」


《誠に勝手ながら　本日は二十一時で閉店いたしました
またのご来店をお待ち致しております　――喫茶ソウセキ》

雑なお知らせをドアに貼り付けて、私は夜道を走った。夏の終わりの生ぬるい風が、不安を膨らませていくようだ。

間に合えばいいけど！

息せき切って人気カレー店へ駆けつけ、ライオンの描かれたドアを開ける。さすがに人気なだけあって、この時間でもまだ店内は満席に近い状況だ。う、羨ましい。

近くにいたスタッフさんに、「喫茶ソウセキの緒川ですけど」とこっそり声をかける。すぐに話が通って、困り顔の店主さんが厨房から出てきた。

「漱石カレーさん、見てよあそこ。席に座ってからずっとあんな様子だもんで、なんだか心配になっちゃって」

電話で聞いた通り、店主さんの視線の先には和彦さんの姿があった。テーブルには美味しそうなカレーがあるけれど、ほとんど手をつけていないようだ。和彦さんはビールジョッキ片手に、しんみりとうつむいていた。

私はそっと近寄って、「お久しぶりです、梅屋さん」と、他の客に聞こえない程度の声で囁《ささや》いた。それから、向かいの席に腰掛ける。

そこでようやく気がついたようで、和彦さんが顔を上げた。

「あ、漱石屋の店長さん……。すみません、ご迷惑おかけしまして」

顔は真っ赤だけど、頬はこけ、目の下にはひどいクマ。相当お疲れのようだ。

「大丈夫ですか？」

「もう飲まなきゃやってられないですよ」

和彦さんは、ジョッキの中にため息を落とす。

「昔、母はよくカレーライスを作ってくれたんです。どうも銀座でお嬢さんと食べたってカレーを再現したかったみたいなんですけど」

「素敵ですね」

「いやいや」和彦さんが、苦笑した。

「うちは貧乏だったもんで、豪華なやつを作れるはずなくて。肉なんか、一番安い豚コマを五十グラムだけ。それも僕が買いに行かされたんですよ。そりゃあもう恥ずかしくてね。途中で友達や好きな子とばったり出くわしませんようにと仏様に祈って、肉屋まで駆け足で行って帰って……。でも母のカレーは美味かったなぁ」

泣きそうな声に、私は気付かないふりをする。

「オトナになった今、何度か母のカレーを再現しようとしたんですけど。なぜかまったくあの味にならないんですよね。今時のルウは美味しすぎるのかな」

「そのお気持ち、わかります。私も、祖父が作ってくれたカレーがすごく好きで、だけど未だに再現できないままですから」

「店長さんもですか。カレーって、なんでこんなに惹きつけられるんでしょうね」

和彦さんが、お腹のあたりをさすりながら言う。

「実は最近、食欲がなかったんです。カレーは好きだけど刺激物の塊みたいなもんですし、身体に悪いと思って控えてたんですよね。だけど、やはり僕にとっては大事な食べ物で……こうして目の前にあるだけで、昔のことを思い出してしまって――」

我慢できないといった様子で、和彦さんは唇を噛みしめ、ジョッキを勢いよく傾けた。店内に流れる軽めのジャズも、この場の空気だけはごまかせない。

「僕は母を尊敬してたんです。早くに父が逝ってしまってから、女手一つで僕を育て上げてくれて……どれだけ親孝行しても足りやしない。母に少しでも長生きしてほしかったから、何でもやりましたよ。僕に出来ることは、全部。だって恩を返さなきゃいけないでしょう。――なのに、あんな人だったなんて」

誤解かもしれないですよ、昭子さんにも何か事情があったのかもしれません、もう一度よく話し合うべきではないでしょうか……。

様々な言葉が浮かんだけれど、口には出せなかった。あまりにも無責任だ。

私が返事に困っていると、「あ、失礼」と和彦さんが切ない笑みを浮かべる。

「変な話を聞かせてしまってすみません」

そうしてようやく、スプーンを手に取った。冷め切ったカレーを、ゆっくりと口に運んでみせる。

「辛《から》いですね、ここのカレー」

袖で目頭を押さえるその様子に、私まで泣きそうになってしまった。

ダメだ。やっぱり彼らを放っておけない。とはいえ、私が口出しして良いのだろうか。悪い結果になるんじゃないかな。でも行動しなかったら、きっと、もっと悪いことになってしまう。

「梅屋さん。私もう一度だけ、昭子さんとお話ししてみます。そうしたら、きっと何かわかると思うんです」

「無駄ですよ。母はあの通り頑固なので、もう取り合ってくれないでしょう。行くだけ時間がもったいない」

投げやりに言われて、反応に困ってしまった。実の息子が言うのだから、本当にそうなのだろう。でも……。

「とにかく梅屋さんは、そのカレーを召し上がったらまっすぐ帰宅して休んで下さいね。だいぶお疲れのようですし」

　私が席を立っても、和彦さんは無言だった。けれど背を向けたまま、小さく頭を下げるのが見えた。

　店主さんに「たぶん大丈夫だと思います」と伝えて、外へ出る。通りにはまだ人の姿があるけれど、もはや大きなざわめきもない。

　喫茶ソウセキに向かって歩きながら、私はスマホを取り出した。ちょっと悩んだけど、思い切って電話を掛ける。「もしもし」を言い終わらない時点で、

「なんで二十一時で閉まってるんだ！　俺の夕飯《カレー》が――」

　夜型人間兼カレー魔人の葉山さんが、真っ当な抗議をぶつけてくる。大変申し訳ないとは思いつつ、

「次の月曜、昭子さんのところへ行きませんか」

「……何か進展があったのか？」

「ちょっと考えてることがありまして」

　神保町の夜空を見上げる。有名な目立つもの以外、ほとんど星は見えない。でも、たしかにそこにあるはずなのだ。キラキラ光る、〝本当のこと〟が。

8

そして二度目の面会がやってきた。

事前連絡なしの訪問に、昭子さんは驚いていたけれど、すぐに「よく来たね」と相好を崩す。もう腕の点滴は外れ、退院間近のようだった。

「本のことで来てくれたんだろ。高値で買ってくれる店は見つかったのかい?」

無理にはしゃいでいるのは、よくわかる。私はサイドテーブルに紙袋を置き、風呂敷包みを取り出した。慎重に結び目をほどいていく。そして、

「梅屋昭子さん、今日は確認したいことがあるんです」――葉山さんが静かに語りかけた。芥川龍之介作の『傀儡師』を手に取り、ぞんざいな手つきでページを繰る。

「ここと、ここ。それからこのページにも。こっちにも黒い汚れ。表紙には虫食い穴もありますが……黒い汚れは煤ですね。恐らく空襲で火の粉を浴びたのでしょう」

「だからそう言っただろ。バクダンで壊れた屋敷から見つけたんだし、汚れてるに決まってるじゃないか」

「その通り。汚れていないと、おかしいのです。……しかし」

葉山さんが白い手袋をはめて、今度は『冥途』を開く。

「なぜかこの一冊だけは、一切汚れがついていない」

「……あんたは何が言いたいのさ」昭子さんの全身から、警戒感がにじみ出る。それをスルーして葉山さんは独り言のように話し続けた。

「あなたが先日おっしゃったことをまとめると、『東京大空襲のせいでお嬢さんは東京に戻れなかった、それでセキモト氏から本を託されたけど、横取りして逃げた。その後、屋敷跡から他の本も見つけて、退職金代わりにもらった』となりますが」

「だから、なんだってんだ」

「それならば他の三冊と同様、この『冥途』にも同じような汚れが付着していてもおかしくない。なぜなら、あの後も空襲は繰り返されたのですから」

葉山さんの言葉に、私もぼんやりと思い出した。

そうだ、昭子さんはこう言っていた――『終戦までずっと東京にいた』と。つまり、雨あられのように降り注ぐバクダンの中を……渦巻く火炎の中を、昭子さんは四冊の本を抱えて生き抜いたことになる。

「それじゃあ、『冥途』だけすごく綺麗なのは」思わず問いかけた私に、

「可能性は二つ。終戦後に大枚はたいて美品を買い求めたか、もしくは『冥途』だけを命がけで守り抜いたか」

けれど和彦さんの話によれば、梅屋家に散財できるほど余裕はなかった。それにセキモト氏やお嬢さんにまつわる話は、嘘《うそ》だとは思えない。

「梅屋昭子さん、あなたは……」

葉山さんの言葉を遮って、昭子さんが「しつこいね」と睨んできた。

「この前も言ったよ。いずれカネになると思ったから、大事にしまっといたんだ」

「いえ、〝本〟は終戦直後どころか戦時中でも充分カネになりました」

責めるでもなく、葉山さんは淡々と言った。私はそれが不思議で仕方ない。

「待ってください。戦争末期から終戦直後の頃は、食糧が足りずに餓死者がたくさん出たんですよね。そんな状況で本を買おうと思う人なんて」

「いたんだ。それも大量に」

「えっ！」

「たとえ空襲の最中でも、神保町では細々と本が売り買いされていたし、終戦直後には大勢の客が押しかけた――という記録が残っている。一冊の雑誌を分解して他のものと組み合わせ、〝本〟らしく仕立てたものでさえ、飛ぶように売れたそうだ」

苦しい現実を忘れたいのか、それとも終戦の解放感か。多くの人が、娯楽を求めて神保町に集まったという。本は今も昔も、心の餓えを満たすものだったのだ。

「そういうわけで、あなたがお持ちの本は充分カネになるものだった。ましてや文豪の作品、そのうえ極めて美品です。金持ちが大金を積んでくれたことでしょう」

黙り込む昭子さんに構わず、葉山さんは滑らかな口調で喋り倒した。

「戦後すぐでもカネがあれば、白米はおろかカレーライスでさえ食べることができたようですね。文豪・織田《おだ》作之助《さくのすけ》も、その状況を作品の中で書き表している。だがあなたはそれをせず、戦後何十年も大事に本を保管し続けた。……なぜですか？」

「……たまたま売るのを忘れてただけだよ」

昭子さんが苦しげに言葉を絞り出す。

けれど、葉山さんは再び「いいえ」と切り捨てた。

「察するに、あなたは『冥途』を横取りなどしていない」

「な、何を言い出すんだい！」

「セキモト氏から『娘に渡して』と頼まれたこと自体は真実なのでしょう。だけどなんらかの事情があってそれが未だに叶っていないのか、あるいは……本当にお嬢さんがくれた品物だから、ではないですか」

「違うよ、あたしはそんな」

「もちろん暗号にも気がついていたはずだ。だからあなたは、ますます売ることができなくなってしまった」

「たしかに本を大事にしてたのは認めるけどね、暗号なんて」

昭子さんは布団の端をぎゅっと握りしめ、そのまま沈黙してしまった。

「あの」——私はおずおずと手を挙げる。

「私も、ひとつ気付いたことがありまして。言ってみてもいいですか」

「なぜ俺に聞く?」

「どうしようか迷ってたんですよ。これ本題には関係ないんじゃないかな、って。でもさっきの葉山さんの話で、やっと意味がわかったんです」

昭子さんに目を向けると、昭子さんもまた、こちらを静かに見つめている。長い時を生きてきた疲れのような空気を、私はたしかに感じ取っていた。

「この『冥途』には、ほとんどのページに黄色いシミがつけられていたわけですが。シミの材料となったものに、心当たりがあるんです」

「絵具だろう?」

「たぶん違います。ちょっと見てみてください」

葉山さんに『冥途』を開かせると、私は適当なページのシミを指さした。

「このシミの中に、細かなツブツブが残ってるのはわかりますか。これ、ターメリック粉末だと思います」

「ターメリックというと、カレーに使うスパイスだな」

「そのとおりです。別名を〝鬱金《うこん》〟といって、油溶性の香辛料ですね。油と一緒に使うと、キレイに色が出てきます。おそらくセキモトさんは、ターメリック粉末を水に溶いて使ったんじゃないかと」

「ん、水？　油溶性の香辛料ならば、油を使うはずでは」

「その理由は、これが暗号だから……です」

はやる気持ちを抑え、私は頭の中で考えをつなぎ合わせていった。

「油溶性のターメリックですから、油に入れて使った場合、もちろん溶けて見えなくなります。なんというか、薄めた水彩絵の具そっくりの見た目になってしまうんです。でも水に溶かして使う場合は、確実に粉末のツブツブが溶け残る」

説明しなければならないことは、もうひとつある。

「実はターメリックの色素って、すごく日光に弱いんですよ。カレーの食べこぼしも、お日様にさらしておくだけでスッと色が消えちゃいます。それをふまえて、シミの意味を考えてみると」

「なるほど」葉山さんがうなずいた。

「セキモト氏は、わざと水に溶いて使ったというわけか。この『冥途』をお嬢さんが開いたとき、溶け残ったツブツブを目にして、これは絵の具でもなければただのシミでもなさそうだ――と気付いてくれるように」

「はい。その可能性が出てきます。それに、日に当てれば色が消えるだなんて、ヤバいことを書き残すにはもってこいですよね」

チラリと昭子さんの様子をうかがった。昭子さんは反論するでもなく、ただ一言、

「……そうだね」と呟く。よかった、方向性は間違っていないらしい。

「でも葉山さん、ひとつ問題が残ってます。セキモト氏は、どうやってターメリックなんて手に入れたんでしょうか」

なにしろ戦争末期である。日本は外からの食糧供給を絶たれ、カレー粉どころか、その日食べるものにも事欠く有り様だったのに。

「セキモト氏は貿易会社を経営しており、薬の材料を扱うほか、加工にも携わっていたと昭子さんは話していた。ならばターメリックを手に入れるのは簡単だ。当時の日本では、漢方薬の材料として流通していたからな」

「漢方薬、ですか」

「きみは聞いたことがないか？　カレーに使われるスパイスは、漢方薬として処方されるものばかりだ。日本で初めてカレー粉を製造したのも、漢方薬の問屋だぞ」

「えっ！」素直に驚いてしまう。まさかカレーが薬膳だったなんて。

昭子さんも口を開いた。

「あたしもさ、変だとは思ったんだ。読書家の社長が、大事な本にシミをつけちまうなんてあり得ない。それに、愛するお嬢さんに手紙じゃなくて、なんでわざわざ本を遺すのかってね。やっぱりおかしいだろ」

「昭子さんは、暗号に気付いていらっしゃったんですか」

私の問いには、細い吐息が返された。

「すぐにわかったよ。社長はお嬢さんにお言葉を遺されたんだって」

「それで『冥途』を光の届かないところへしまいこみ、今日まで保管してきたと」

葉山さんは少し考えるように腕を組み、

「では先日おっしゃっていた『本を託された日の晩に屋敷から逃げた』というのは、やはり嘘なのですね」

昭子さんも「そんなこと、できるわけないさ」と苦笑した。

「いつかお嬢さんにお返しする日まで、この本を命に換えても守ろうってね。あの時あの瞬間、そう決めたんだよ」

「……返す？」

渡す、ではなくて？

昭子さんは私たちを見て、ひどく哀しそうな顔で微笑んだ。

「あのさ。これから話すこと、和彦には言わないでおくれよ」——

9

「社長の出征から半月ほど経って、あたしはようやくお嬢さんと再会できた」

そんな言葉で、昭子さんの話が始まった。

空襲の後——焼け焦げ、崩れ、壊れた街中で、奇跡的にお嬢さんを見つけたのだという。二人は屋敷に戻ると、まだ倒壊していない物置小屋で一夜を明かすことにした。夜が近付くにつれて、他の使用人たちも、ぽつぽつと集まってきていた。

昭子さんは幸せだった。お嬢さんと会えただけでなく、社長の遺志どおりに『冥途』を渡すこともできたのだから。

しかしその夜、またもや空襲警報が鳴り響く。

遠くの空を不気味なサーチライトがぐるんぐるんと照らしている。敵の爆撃機が近付いているのだ。今日こそは全機撃墜しろ、と昭子さんは必死に願った。けれど心のどこかでは、そんなことできっこないと悟ってもいた。

昭子さんはお嬢さんの手を引っ張る。ここに居ては危険だ。

「早く土手のほうへ！」

「待って、昭ちゃん」

お嬢さんは身につけていた背嚢《リュック》から、小さな袋を取り出した。何をしているんだろうと思ったら、布で包んだ『冥途』とともに、昭子さんに渡してくる。

「今までのお礼よ。私はきっと、もう何もしてあげられないから」

そっと袋の中を見る。ろうそくの光の下、緑色の何かがキラリと光った。それでわかった。これはお嬢さんが大事にしていた宝飾品だ。

「いただけません！　だってあたし——あたしは、これからもお嬢さんのおそばに」

地鳴りのような音が、肌をびりびりと震わせる。敵が迫っていた。

すぐそこの道を、大勢の人々が逃げ惑う。

「……とにかく、これは昭ちゃんが持っていて。ね？」

その美しい顔で微笑まれては、昭子さんも断れない。

「では今晩だけですよ。今晩だけはあたしがお預かりしますから」

昭子さんは襟の合わせから装飾品と『冥途』を中に入れ、上から紐《ひも》でしっかりと身体にくくりつけた。「さあ、まいりましょう」

「ありがとう、昭ちゃん……」

——しかし逃げる途中で、昭子さんが転んでしまう。

「昭ちゃんっ」お嬢さんが叫び、戻ってこようとする。それに昭子さんは首を振った。

「どうか先に行ってください、あたしも後から必ず……！」

何度も何度もお嬢さんは振り返り、やがてその姿が煙の向こうへと消えていく。

　昭子さんがなんとか立ち上がった時には、もうお嬢さんを見失っていた。

　近くを走っていた同僚は、飛んできた瓦礫に頭を潰された。すぐそこの辻から地面を舐めるように這い広がった火炎は、何人かを包みこみ、さらにその舌を方々へと伸ばす。地獄と化した街中を、昭子さんは本を抱いて走り続けた。

「気付けば、使用人仲間もご近所さんもみんなその辺に転がってた。それでも『冥途』をお嬢さんに返すまでは、死ねないと思ってね……」

　一夜明けて、昭子さんはふらふらと屋敷に戻った。けれど、そこにはもう家などなくて、ただ黒ずんでイヤな臭いのする瓦礫の山だけが残っている。一日そこで待っていたけれど、とうとうお嬢さんは帰ってこなかった。次の日も。その次の日も……。

　そのかわりに、瓦礫の下から何冊かの本を見つけた。社長の蔵書だ。大部分がボロボロで、読めなくなっていたけれど、三冊だけは原形を留《とど》めていた。

「社長はいつか戦地から戻ってこられる。お嬢さんだってどこかで生きている。絶対に。そう信じて、あたしは本を〝預かった〟のさ」

　そのうち昭子さんは、寝泊まりしていた上野駅の地下道で、同郷の女性と知り合った。彼女は故郷へ帰るつもりだという。昭子さんも同行させてもらうことにした。

　そして終戦から数年——。

結婚した昭子さんは、東京で一旗揚げようと意気込む旦那さんとともに、再び上京。今度こそ絶対にお嬢さんを探し出そうと、固く決心していたという。

「でもお嬢さんの行方はおろか、セキモト社長の会社がどうなったかもわからないなんてね。思ってもみなかったよ」

辺り一帯が大規模な商業地となっていて、屋敷のあった場所さえハッキリしなかったのだ。それから少し経って、和彦さんが生まれた直後に旦那さんが他界。とにかく息子を育て上げなければと、がむしゃらに働き続けて、いつしか元号が変わっていた。

十年前。脳腫瘍が発覚した時に、昭子さんは運命を受け入れた。

「和彦も立派に家族を持って、孫たちもいてさ。そりゃあお嬢さんに会えなかったのは残念だけど、もういいやと思えたんだ。これでおしまいにしよう、ってね」

だけど和彦さんは『頼むから親孝行させてくれ』と、昭子さんに先進医療を受けさせた。腫瘍は消えたけれど、それが間違いだった。

先月、ある日の真夜中。手洗いに起きた昭子さんは、息子夫婦の会話を聞いてしまう。和彦さんは、昭子さんの治療費のために借金をしていたようで、返済が数百万残っているようなのだ。その晩、昭子さんは眠ることができなかった。

和彦さんにはお金が必要だ。末っ子が大学院に進学したばかりだし、今後も何かと金はかかるだろう。

「なんとしてでもカネを返さなくっちゃいけないのに、あたしには蓄えもなくてさ。売れそうなものって言ったら、お嬢さんからお預かりした本と装飾品だけ」

和彦さんにだけは、このことを知られるわけにいかなかった。大切にしてきたものを売ったとバレたら、かえって重荷になってしまう。

「だから『横取りした』なんてウソを……？」

私が問いかけると、昭子さんはふっと笑った。

「クズで最低の母親が遺した金なら、心置きなく使ってくれそうじゃないか」

葉山さんから渡された『冥途』を優しく撫でて、

「必ずお嬢さんにお返しするんだって、そう思って生きてきたのさ。でもね」

言葉の続きを、昭子さんは口にしなかった。

終戦後も、日本では病死や餓死者が相次いだという。戦時中は勿論《もちろん》のこと、戦争が終わって少し経つまでは、現世と冥途の境目はすぐ足元《そこ》にあった。その線引きは毎日毎時変わるもので、目ではよく見えないのに、一度超えてしまったらもう二度と戻ってこられない。こちらからどれほど叫んだところで、冥途には声が届かない……。

そんな無力感を抱きしめたまま、昭子さんは生きてきたのだ。

葉山さんが、改めて問う。

「その本は、やはり売却されるおつもりですか」

「……これには感謝してる。これがなければ、あたしはここまで頑張れなかっただろうよ。だけどね、もう潮時だ。社長とお嬢さんには、そのうち向こうで謝るさ」

昭子さんの横顔に、柔らかな日差しが揺れている。

まるで、お嬢さんが隣で微笑んでいるかのようだった。

10

『というわけで。高値で売れそうな店を見つけてきておくれ。頼んだよ』――昭子さんの最後の言葉が、私の肩にのしかかる。神保町の駅まで戻り、そこから地上に出て大通り沿いに店まで戻る道すがらも、私は延々悩み続けていた。

「本当に、売ってしまってもいいんでしょうか」

斜め前を歩く葉山さんは、「俺たちが気にすることでもない」とそっけない。

「何より本人の希望だからな」

「だけど、とても思い入れのあるものなんですよ。古書店に売ったら、もう二度と再会することはできないでしょうし」

「たしかに『冥途』は稀少だが……。まあどうしても買い手が見つからなければ、俺が個人的に買い取ってしまうというのも」

そこで葉山さんが立ち止まり、前方にジッと目をこらす。

「店の前に誰かいる」

「え、今日は休業日なのに」

困惑しながら私も〝誰か〟を観察する。身体が煮えそうなぐらいの熱気の中、その人――梅屋和彦さんは、置物のようにじっと立っていた。


「とんだご迷惑をおかけしまして」

店に招き入れるなり、和彦さんは土下座しそうな勢いで深々と頭を下げてきた。それと同時に、高級デパートの紙袋を私にぐいぐいと押しつけてくる。

「これは心ばかりの……つまらないものですが」

まるで辞退させてもらえない。この強引さはお母さん譲りかもしれない。

「それで、ですね。あのう、母はどんな感じでしたか」

「とにかく一休みしていかれませんか。ちょうどお昼ご飯の時間ですから」

私はいつも通り厨房に立つと、エプロンを手早く身につける。それから業務用冷蔵庫の扉をバコッと開き、琺瑯《ほうろう》の容器を取り出した。中身を鍋に空けてコンロにかけ、木べらでよくかき混ぜながら、ゆっくり丁寧に温める。

「あ、カレーですか」

和彦さんの鼻がわずかに動いた。葉山さんも「この匂いは新作だな」と目を輝かせる。「それも普通のカレーライスではない、キーマだ」

「さすがですね。こちらは新作の『百閒カレー』になります」

「ついに作ったのか！」

「仕上げがあるので、もう少し待っててくださいね」

ふわっふわの湯気を上げるキーマカレーを、硬めに炊き上げたサフラン玄米にたっぷりかけていく。一般的なカレーよりもだいぶ赤っぽいけれど、パサパサすぎず、けれどドロドロすぎないように粘度を調整したルウは、具材の一粒一粒までしっかりしみこんでいる。

同時進行で温めていた人参のグラッセは、いかにもジューシーなオレンジ色。それに果物ナイフで細工をほどこし、カレーの上に散らしていった。

「お待たせしました」

和彦さんと葉山さんのテーブルに提供《サーブ》する。私の歩いた後には、かぐわしい香りの道が出来ているようだった。

「この人参、なぜアルファベットの形に？」和彦さんが驚く。葉山さんもまた、「なぜキーマが赤いんだ」とカレーの皿を凝視していた。

「どこがどう〝百閒〟なのか、説明を頼む」

「ええと」ほんの少し、不安になってしまう。漱石カレーの時のように、また葉山さんによる容赦ないダメ出しを食らう気がしたからだ。

「内田百閒という作家は、師である漱石と違って、胃腸も弱くないし酒飲みだったようです。戦時中でさえ、自分が食べたいものを書き連ねた作品を発表できるほどに、食欲旺盛な方でした。たしか『餓鬼道肴蔬目録《がきどうこうそもくろく》』でしたよね」

〈さはら刺身 生姜醤油《しょうがじょうゆ》〉から始まるその作品には、ポークカツレツだの塩ぶりだの、延々と食べ物の名前だけが書かれている。ただそれだけなのに、なぜか妙にお腹が減ってしまうのだ。

「晩年に書かれた随筆には、頻繁に『おから』が登場します。その頃にはビールよりシャンパンを好むようになっていたとか。そういうわけで、おからとシャンパンを使ってキーマカレーを仕立ててみたんです、けど……」

だんだん自信がなくなってきた。やはり私のような文学素人が、文豪カレーを作り出そうなんて、百年早かったのかもしれない。

葉山さんが「なるほど。趣旨はわかった」とうなずく。

「だが説明だけでは、百閒の名を冠するに値するかどうかはわからない。食べてみてもいいか？」

「も、もちろんです、どうぞ」

二人が食べ始めるのを待って、私もまた、残ったカレーを口に運ぶ。まず感じるのが、尖《とが》りすぎていない爽やかなトマトの酸味だ。シャンパンのふくよかな香りが鼻を抜けて、酸味にまろやかさを加えてくる。

おからの扱いには苦労した。炒《いた》めたものを最後に加え、トマトや人参などと一緒にじっくり煮こむことで、独特のもそもそ感を低減させている。ほんのりとスパイシーで甘辛すっぱい味わいは、あと一口……もう一口……と後を引く美味しさだ。

「隠し味はレモンか。なるほど、たしかに百閒だ」葉山さんがにやりと笑う。

和彦さんは、額の汗をぬぐいながら、ふうふう言って食べていた。

「美味しいうえに健康そうな素材ですし、ありがたいです！　特にこの人参が甘くって、カレーと交互に食べると止まりませんよ。でも内田百閒ってそんなにおからが好きだったんですか？」

その問いに答えたのは、葉山さんだった。「百閒は」と言いかけてスプーンを置き、コップの水を飲んでから再び話し始めた。

「あるとき百閒は、主治医から太りすぎだと怒られてしまい、減量のためにおからを食べるよう指示された。だが、百閒はもともとおからが大好物。そこに『減量』という大義名分ができたことで、積極的におからを食べるようになっていく」

「そ、それはまた、なんとも」

「ついには『おからにレモンをかける』という独自の食べ方さえ編み出した。晩年には、これとシャンパンで晩酌をしている、と本人が随筆に書いている。実際やってみると、なんともいえない斬新な味わいで面白いぞ」

「なるほど、それでおからがメイン具材なんですね。では、このアルファベット型に刻んだ人参は——」

「こちらも百閒の好物を模したものだろう。といっても人参ではなく、英字ビスケットのほうだが」

百閒のビスケット好きは、師である漱石に由来する。

英国留学時、漱石は英字ビスケットを食べていた。当時の日記にそういった記述が出てくるのだ。甘党の漱石にとって、癒やしの一時だったんじゃないかと思う。

帰国後も、漱石は好んで英字ビスケットを食べている。そんな師匠の姿を見ているうちに、百閒の朝食もまた、牛乳と英字ビスケットで固定されていく。どれだけ漱石のことが好きなの？　と驚いてしまうエピソードである。

「素晴らしいですね。本当に師匠のことが大好きだったんだなぁ」

和彦さんはそう言うけれど、その顔は曇っていた。

「僕も、母が大好きなんです。母に楽をさせたい一心で、大金持ちになって、銀座のカレーでもなんでも好きなだけ食べさせてあげたいと……そう思ってこれまで」

どんどん口調が湿っぽくなる。けれど私は、別のところに惹かれてしまった。

「この前もうかがいましたが、銀座のカレーって、もう聞くだけで美味しそうですね」

「気になるな。どんなカレーですか」即座に葉山さんが食いついた。それに多少戸惑いながらも、和彦さんが記憶を辿って話し出す。

「たしか人参みたいな何かがゴロゴロ入っていて、奥深い甘さがあって、とろける味わいだった……と聞いた覚えがあります。銀座なのに人参って庶民的だなぁと思ったんですよね。例のお嬢さんに連れていってもらった店らしいのですが」

「素晴らしい。食べてみたいものです」

うっとりと目を閉じる葉山さん。さすがカレー魔人。

「でも母の話はともかく、銀座のカレーなんて一皿数千円はするでしょうし、とにかく僕は偉くなって金を稼いで、母に」

そこまで話して、和彦さんが「すみません」と消え入りそうな声で謝る。

「変な話を聞かせてしまって。なんだか、ここのカレーをいただいていたら、急に思い出したんです。母のこと、昔のこと、色々」

和彦さんは今もなお、お母さんのことを愛しているのだ。それなのにあんな仲違《なかたが》いをしてしまった。私は思わず、「あの」と声をかける。

「お母様のことですけど」

病室で教えてもらった「内緒話」を、打ち明けてしまおうと思った。そうしたらみんなが幸せになる。だけど和彦さんは、小さく一度だけ首を振った。

「なんとなく察しがついていますから」

「そうだったんですね……」

「でも、どうすればいいのかはわかりません。だって金のために大事な人の形見を売るだなんて、してはいけないことでしょう。その一方で、母の気持ちを踏みにじることもしたくない。僕はもう、どっちに進めばいいのかわからなくって」

和彦さんもまた、道に悩み、迷っていたのだ。

「とにかく、一度よく話し合われたほうがいい。そして言いたいことは早めに伝えておくべきです」

冷静な葉山さんのコメントに、和彦さんは苦い微笑を見せた。

「ですよね、親子なんだから。僕は今さら何を恐れているのか」

親子。その単語が、肺のあたりに重く沈んだ。

昭子さんも和彦さんも、お互いに深い情を抱いているし、信頼もしている。一方で、私と父はどうなんだろう。私は父から、そういう優しくて温かい感情を向けられたことがあるのかな。

記憶を辿ろうとするけれど、本能が強く警告してくる。ダメ、そんなことしてはいけない。だって、もし梅屋親子の在り方が〝本当〟なのだとしたら、私と父は――私が信じてきた「家族」は、ニセモノということになってしまう。私は、自分たただひとりだけが、切り立った崖の上に取り残されたような気持ちになっていた。

「どうした、大丈夫か」葉山さんが、心配そうな表情――ではまったくないけれど、それなりに心配しているような声で聞いてくる。

「空に浮かぶ青鯖《あおさば》みたいな顔だ。疲れているんじゃないのか」

「なんですかその比喩……。いえ違うんです、考え事をしてまして」

二人のお皿を片付けながら、ごまかした。

「お嬢さんってどんな方だったのかな、と」

「それ、僕も気になってたんですよ」と和彦さんが食いついてきた。

「まだご存命ならば一度会ってみたいものですが、きっと戦争で……」

「でもお嬢さんのご家族や親類の方なら、まだどこかにいるかもしれません。そういえば、『冥途』の暗号にも、人名っぽい単語が出てきましたよね。あれってご兄弟だったりしないでしょうか」

すかさず葉山さんが「〝そうすけ〟のことか」と入ってくる。

「梅屋昭子氏の話によれば、お嬢さんはセキモト氏のひとり娘だ。仮に〝そうすけ〟と兄弟だと仮定すると、暗号の内容に少し違和感が出てくる」

手帳を開いた葉山さんは、「ここだ」と指さして教えてくれた。

《そうすけも必ずや快復する／全ては託した／ふたり永久に仲良く／達者で》

「なるほど」和彦さんが何度か小さくうなずいた。

「この書き方だと、お嬢さんの旦那さんみたいに聞こえますね」

「いや、待てよ。たしか昭子氏は……」

そのとき、和彦さんの近くから、ピピピピと鋭い着信音が鳴り響いた。

「呼ばれちゃいました」

和彦さんは上着からスマホを取り出し、画面を見て「ああ～」と呻く。もう会社に戻るらしく、そそくさとカバンを肩に掛けた。

「今日は本当に、ありがとうございました。美味しいカレーまで御馳走になってしまって。お会計をお願いできますか」

「いえ、試作品ですからそういうのは結構です」

お財布を取り出そうとする和彦さんを、私は慌てて押しとどめる。和彦さんは、いつになく晴れ晴れとした顔で、ニコニコしていた。

「試作だなんてもったいない。是非とも定番メニューにするべきですよ。気のせいか、疲れが少し抜けたような……さっきから身体が軽く感じます」

「カレーは薬膳とも言えますからね」葉山さんが割って入った。

「スパイスが胃と舌を刺激することで、食欲と消化が促進されます。自律神経を整える作用を持っている、という研究もあるようです」

カレー魔人はよどみなくスラスラと喋り続け、最後に満面の笑みを浮かべて、

「そういうわけで、また是非おいでください。できれば同僚やご家族、ご友人と」

と付け加えた。

和彦さんを見送ってから、私は葉山さんに頭を下げる。

「まさかお店の宣伝をしてくれるなんて思ってなくて……びっくりしましたけど、どうもありがとうございます」

「きみの店が潰れるのは困るからな」

再び無愛想に戻った葉山さんは、「百閒カレーだが、レモンの量を抑えるか、スパイスでマスキングしたほうがいい。あと人参のグラッセは、甘さのベクトルが少し違う。砂糖の種類を変えてみるのも手だな。それから……」と散々ダメ出ししたあとで、

「完成したカレーがメニューに載る日を楽しみにしている」

そう言い残して、さっさと階段を上がっていってしまった。

アパートに帰りついたとき、時刻はすでに二十二時を回ろうとしていた。店内の掃

除や翌日の仕込みを行なったうえで、百閒カレーを売り出すための原価率やら改善点を検討していたら、結局こんな時間である。

だけど、今日は近年まれに見るいい一日だった。梅屋さん親子も、きっとうまくいくだろう。心地よい疲労感に酔いながら、アパートの階段をのぼる……その前に、集合ポストから紙切れがはみ出ていたような気がして、しぶしぶ方向転換した。

手招きするかのごとく、ひらひら風に揺れるそれは、不在票。最近ネット通販した覚えはないけど、なんだろう。友人知人からの残暑見舞い？

若干不審に感じながらも、不在票を裏返す。差出人欄に書かれていたのは、

「緒《お》川《がわ》啓一《けいいち》――って、ウソでしょ⁉」

父の名前だった。

第3話　銀の皿に仰臥漫録

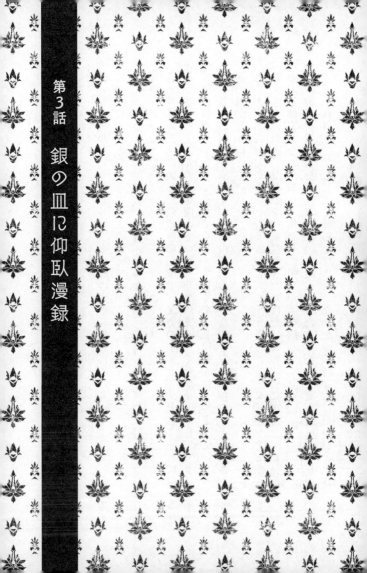

1

じゅわじゅわ、じゅわじゅわ……。蟬《せみ》の声が耳の奥にこびりつくような、うだるように暑い日のことを、今でもよく覚えてる。

――お母さんの、お葬式。私は小学一年生だったけど、「死」という概念はぼんやり理解していたと思う。

古い神社の、庭に面した畳敷きの部屋で。父方の祖父と、父と私、それに母の友達何人かは、神主さんの声を聞いていた。空調はまったく効かないから、ガラス障子が全て開け放たれている。それでも暑くて暑くて、私は頭がぼうっとしていた。

神主さんが何かを唱えながら、白い紙のついた棒を左右に振る。そのとき、サッと一筋の風が通り抜けていった。

今、お母さんはここからいなくなったんだ……そう本能的に理解した。涙がボロボロ出てきたけれど、父は私を一瞬見やっただけだ。父の、畳に落ちた埃を見るような瞳を、私は忘れないだろう。代わりに祖父が手を握ってくれた。

その後、祖父が私を引き取るという話もあったようだ。なぜか父はそれを拒絶したので、それ以来、父と二人で暮らしてきた。なかなか独特な毎日だったと思う。

ITエンジニアの父は、基本的に帰宅時間が遅く、何日か家を空けることも多かった。だから私は必然的に家事を覚え、自分の面倒を自分で見てきた。少なくともお腹が空《す》いて死にそうだったとかの記憶はない。常に千円札がテーブルに置かれていたので、パンやお弁当も買えたし、卵焼きやうどん程度なら小二で作れるようになった。もしかしたら、それで料理の楽しさを知ったのかもしれない。

お腹は満たせても、孤独だけはどうしようもない。寂しくなった時には、電車を乗り継いで、山奥にある祖父の屋敷へ行くようになった。もちろん父には内緒である。行ったことがバレると、途端に父は不機嫌になるから。

……祖父は、とても優しい人だった。屋敷の周りで取れる柿やなんかを好きなだけ食べさせてくれたし、亡き母や祖母の分まで、祖父にできることならば何でもしてくれた。普段は料理などしないらしいのに、私の『カレーが食べたい』というリクエストに応えるため、一度だけ台所に立ったこともある。

なぜかはわからないけどお手伝いさんを帰らせて、『二人だけの秘密だよ』と言って、左手でぎこちなく包丁を握った。そのカレーはまろやかな甘みがあって、とろけるようで、とてもとても美味しかった。だけど、その後どれだけお願いしても、もう二度と〝秘密〟のカレーを作ってくれることはなかった。

そんな優しい祖父も、私が高校を出て一人暮らしを始めた直後——十年近く前に肺炎で亡くなった。父は最期まで見舞いに来なかった。

でも来なくて良かったとも思う。晩年の祖父はぼけてしまっていたのか、変なことを言っていたから。『石油カレーとは、どんな味がするんだろうね』と。意味を聞いても、祖父は微笑むだけだった。

祖父のお葬式に、父はしぶしぶ出席した。が、『オヤジが死んでせいせいした』となんとか言ってしまって、知らない親戚のおじさんと取っ組み合いの喧嘩が始まった。止めようとしたら、おじさんの腕が当たって痛かったのは覚えてる。思い返せば、その日を最後に、父とはまともに話をしていない。

子どもの頃から今にいたるまで、私と父の間には、どろどろした真っ黒な川が流れている。河岸からお互いの姿は見えるけど、ただそれだけ。一歩を踏み出すことはできない。流れに足を取られれば、もう同じところには戻ってこられないのだから。


「その父から、荷物が届いたんです！」

時刻は朝の九時をまわり、神保町の出勤ラッシュも終わっている。朝の残り香に、オフィス街特有の生真面目な空気が混ざり始めた頃——開店前のソウセキ店内には、興奮しきった私の声だけが響いていた。

「見てください、これなんですけど」

カウンターの上に、ドンと段ボールを置く。宅配伝票が貼られたままの荷物だ。見ていただきたい相手は、もちろん葉山さんだった。

葉山さんは、まるでお地蔵さんのような顔で、

「きみはそんなことのために俺を、六時に寝たばかりの俺を……叩き起こしたのか」

「〝そんなこと〟じゃないです、だって父から荷物が届くなんて」

「たかが荷物一個で大げさすぎる」

「全っ然わかってないですね。さっきの話ちゃんと聞いてました？」

「あの現代版『放浪記』みたいな話のことか」

「『放浪記』……？」

「ある女性が貧困や飢えや絶望にもめげず、母親に泣かれ、恋人には裏切られ殴られながら水商売なんかもこなしつつ夢を叶えようともがく半ノンフィクションの大傑作だ。作者は林芙美子《はやしふみこ》――」

「全っ然聞いてないじゃないですか！」

まるで理解してくれない葉山さんに、私は地団駄を踏みたくなった。

「というか私は、父との暮らしや関係性についても、特に恨んではいませんよ。絶望したことないですし」

「あの内容で？　正気か」

真っ向から問われると、ちょっとだけ目を逸らしたくはなる。

「……まあ、その、『あれ？』みたいな違和感はありますけど」

「だろうな」

じゃあそういうことで、と葉山さんが立ち上がる。私は慌てて引き留めた。

「とにかく、その、あまり関わってこなかった父から、生まれて初めて荷物が届いたんですよ」

「だから？」

「だ、だから……ええと、開けていいものかどうか、って」

一人では怖くて開けられないなんて、恥ずかしい理由だとはわかっている。でもあり得ないことが起きているのだから、今回だけは悩むのも当然だろう。

父・啓一はとてもとても欲が強い。

祖父がくれた焼き菓子も、缶ごと抱え込んでひとりで食べるような人である。母の形見として『三四郎』をくれたのは例外中の例外で、基本的に「誰かに何かをあげよう、分け与えよう」という気持ちを持っていないらしい。

だからこそ。父がなぜ・何を送ってきたのか、まったく見当がつかなかった。正直に言うと、この箱を恐れていた。開けてしまったら二度と引き返せなくなるような、ヤバいものが入っているかもしれない。

再配達で受け取ってから一週間、私は延々と悩み続けていたのだった。

「なんだ。そんなことか」

すべてを聞いてなお、葉山さんの返答はそっけない。

「心配ないから、今すぐ開けてみればいい」

「……相変わらず判断速いですね」

「親子の絆《きずな》が薄いように感じても、それでも親子であることには変わりない。子どもに毒物を送りつける親などいない。……多分、きっと」

「そこは断言してほしかったです」

それでも葉山さんの一言は、幾分か心を軽くしてくれた。

恐る恐る箱に手を伸ばす。適当に貼られたガムテープの、端っこのめくれあがった部分を指でつまみ、慎重にちょっとずつ——

「俺がやる」イライラした葉山さんが、ビーッと音を立ててガムテープを一気に剝がした。そのまま躊躇《ちゅうちょ》なく箱を開ける。

「なんだ？　ずいぶん古いものが入っているようだが」

私も箱の中を覗き込んだ。大量の封書が束になって、雑に押し込められている。一番上には付箋が貼られ、『オヤジの遺品。おまえに渡せって言われてた。忘れてた』と殴り書きがされている。明らかに父の筆跡だ。

「おじいちゃんが、これを私に？　それも今頃になって」

ワケが分からない。ひとまず葉山さんと手分けして、箱の中身をテーブルの上に広げていった。手紙は、全部で八十通を超えている。

「古いな。消印は昭和二十一年一月、こっちは昭和二十年十月か。終戦直後ということになるが」

心当たりを問うような視線を向けられたので、私は素直に首を振る。

箱の底には一冊の大学ノートが無理矢理おさめられていた。こちらもだいぶ古びていて、触った途端に崩れそうな気配さえあった。

そっと表紙を開いてみると、なにやら鉛筆でびっしり書きこまれている。独特の崩し字で、ほとんど読み取れない。単語の横に数字らしき形がいくつか見えるけど、意味はまったくわからなかった。

「日記、いや、帳簿かな。もう少し読みやすく書いてくれてもいいのに」

私がぼやくと、葉山さんがずいっと手を差し出してくる。

「少なくとも俺の字よりはキレイだから、読めるはずだ」

葉山さんは特に気負うこともなく、ノートを眺め始めた。

その自信にため息が出る。きっとこの人は、自分の知識や経験を絶対的に信じている。だからなんでも「できる」と言うし、判断も速くて迷いがない。

急に葉山さんが別次元の高尚な存在に見えてきた。後光すら差すようだ。私はまるでワラジムシのように、どこかへ隠れたくなってしまう。

「何かのレシピに見えるな……これは『辛汁飯』と書いてあるのか」

「ひょっとして、カレーですか！」

「かもしれないが、旧字と略字が混ざって読みにくい。少し時間が掛かりそうだ」

葉山さんにメモ帳とペンを渡すと、一瞬でノート解読に没入していった。

私は封書を開けてみる。ざらざらした便箋二、三枚に綴《つづ》られていて、ノートと異なるキレイな筆跡だからとても読みやすい。

差出人は『緒川宗輔《おがわそうすけ》』──間違いなく祖父だった。

そして宛先は『鵜原三津男』、……ウバラミツオと読むのだろうか。

同封の手紙はすべて、このウバラさん宛てのものだった。どうも祖父はこのヒトと文通か何かをしていたようだ。一週間に一通を超えるペースで消印が進む。

だけど、変なことに気が付いてしまった。

これは「祖父がウバラさんへ宛てた手紙」だ。なのに、なぜ、祖父がこれを持っているんだろう。普通は、「ウバラさんから祖父への手紙」だけが手元に残るはずだ。

ちなみにウバラさんから来たらしき手紙は、一通も見当たらない。

「うーん……？」

宛先のウバラさんが亡くなった後、友人の形見として祖父が貰っていたのかな。

でも、なぜそれを孫である私に送ってきた？

謎は深まるばかりだけど、興味本位で文面に目を通す。

《ウバラ君、御体の具合は如何《どう》だい。私は至つて元気だが、まだ〳〵暑い日ばかりで腹の穴から汗が噴き出るやうだ。しかし乍《なが》ら、窓の向かうに紅葉が見へるから、もう僅かの我慢だらう。先日ミーちやんが代用醬油を拵《こしら》へてくれたのだがネ。これがまア、美味しくない。（酷い。大変に苦労したのに）亦《また》君の店で、美味なるカレエが食べられる日を楽しみに待つて居るよ！　ソースケ》

《ウバラ君、案ぢてはいけない！　君も必づや快癒する、兎《と》に角《かく》今は体力をつけるのだ。私も包帯の取替に毎度涙するが、負けては居れぬ。さう云へば先日の干し柿、如何だつたかな。甘ァいだらう！　あの柿は書斎の裏に生えてゐるやうだ。ここからは見へぬが、まだ多少の実が残つているやも？（もうありませんよ）来年はあの柿も、君の美味なるカレエに使つてくれたまへ。ソースケ》

《ウバラ君、腕の怪我は未だ痛むか。私は腰が痛む位で変はりなしだ。きつと薬が効いているのだらう、感謝〳〵。一昨日はミーちゃんが裏から豆をとつてきて、炒《い》りつけてくれた。あのカレエを思ひ出すやうな甘き芳香に、腹がグウ〳〵悲鳴をあげる。尤《もつと》も殆《ほとん》どはミーちゃんのお腹に収まつたがネ。（豆は美味しくなかつたです）いづれ元通りになつたら、真つ先に銀座の店へ食べに行くぞ！　ソースケ》

どうやら祖父もウバラ氏も体調が良くないようだけど、手紙には必ず、何かしら食の話題が書かれている。戦後の食糧難の時代でも、やはり食べることは大きな楽しみでもあったのだろう。

そして毎回登場する〝ミーちゃん〟とは、きっと祖母のことだ。私が生まれる前に亡くなった祖母の名が「美楠子《みなこ》」だから。

この手紙は、祖母が代筆したのかもしれない。ノートと字が違いすぎるし、カッコ内の言葉が祖母の気持ちだとすると、辻褄は合う。私には、この流れるような筆跡に見覚えがあった。どこで見たんだっけ。思い出せない……。

再び手紙の世界に舞い戻る。若かりし頃の祖父がそこにいるようで、なぜか懐かしい気分になった。

《ウバラ君、少し間が空いてしまつて申し訳なく思ひます。私は日毎、快方に向かつてゐますので安心召されよ。昨夜はよく眠れて、今朝は大量の新聞を読んでゐました。それから朝は雑炊三碗《わん》、佃煮《つくだに》に梅干し、牛乳一合にココアを入れたものと菓子パンを二つほどいただき、》……

「ぞ、雑炊三碗に菓子パン二つ？」

あまりの食事量に、突っ込まざるを得なかった。祖父は細身だったから、そんなに食べたようなイメージがない。この日はたまたま調子が良かったのだろうか。

また別の日の手紙を開いてみる。

《ウバラ君、オハヨウ！　今朝は冷え〳〵したので湯湯婆《ゆたんぽ》を入れました。君の方は如何ですか？　こちらは二、三日前、函館《はこだて》から帰つてきた友人が、青森の林檎《りんご》をお土産《みやげ》にくれたのです。だから間食に牛乳、菓子パン、塩せんべい、缶詰鳳梨とともに林檎もひとつ食べ、》……

「おじいちゃん、こんなにおやつ食べてたの？　本当にすごい食欲……」

読んでいるだけで満腹になりそうな凄まじい量だ。記憶にある祖父の姿からは想像できない。でも、文中にひとつだけ知らない言葉があった。こんな時はスマホよりも、歩く国語辞典に聞いたほうが確実だ。

「葉山さん、これはどんな食べ物ですか?」

ノートを開いてブツブツ言っていた葉山さんが、ふと顔を上げる。

「ああ、『鳳梨《ほうり》』か? パイナップルのことだ」と答え、すぐノート解読に戻ろうとした。しかし目をパチパチさせながら、再びゆっくりと顔を上げる。

「ちょっと待て、その手紙は戦後すぐのものじゃなかったか」

「そうですよ。消印は昭和二十一年の九月とかで……。そういえば、この時期に菓子パンってあったんでしょうか」

「きみのおじいさんが裕福だったなら、闇市などでこっそり手に入れる機会もあっただろうが……ちょっと見せてくれ」

葉山さんが手紙の文面に目を通す。

「牛乳一合に菓子パン? それにこっちは——」

何通かをあらためた後、メガネの奥の瞳をすっと細めた。

「どうも『仰臥漫録《ぎょうがまんろく》』に似ているな」

「ぎょーがまんろく、ですか」

初めて聞く語感に戸惑っていると、葉山さんがいつも通り勝手に解説を始める。

「『仰臥漫録』とは明治時代の俳人・正岡子規《まさおかしき》による著作物だ」

「あ、知ってます。『柿食えば鐘が鳴るなり法隆寺』の作者ですよね」

「それが一番有名だな」

――正岡子規は夏目漱石の親友でもあったが、結核を患っていて、三十四才の若さで亡くなってしまった。そもそも『子規』という俳号も、結核で血を吐く自分の姿を『鳴いて血を吐く』といわれる子規《ほととぎす》に重ねあわせたものだという。

「子規が死の直前までつけていた日記、それが『仰臥漫録』だ。見舞客の名や日々の出来事、自身の感情などが赤裸々に綴られている。特に食事については細かく記録されていて、病人がここまで食べられるのかと驚くぞ」

「その日記と、この手紙が似てるんですか？　どうしてそんな」

「理由はまだわからない。ひとまず、他のも確認してみよう」

葉山さんはノートを閉じると、手紙の束に手を付けた。次々に広げていくけれど、

「なぜ消印順に並べておかないんだ……」とグチグチうるさい。挙げ句、「整理整頓のクセはつけておいたほうがいい」自分の汚部屋を棚にあげてこの人は……。

とにかく二人で手分けして、消印順に手紙を並べ替えた。もっとも早い消印は昭和二十年十月十五日だ。葉山さんがすごい速度で黙読を始める。私は、スムーズに次が読めるよう、封筒から便箋を引っ張り出して広げていく。

それが十分ほど続いたところで、

「――ウバラ君、御気分は如何でせうか。本日九月十七日は晴れ、冷や冷やします」

いきなり葉山さんが声を出したので、何かと思ってビクッとした。手紙の音読を始めたようだけど、せめて予告してほしい。

「朝は粥《かゆ》三碗、佃煮、奈良漬けと梅干し、包帯を取り換へた後に牛乳を七勺《しゃく》ココアを入れて、あんパン一つ、菓子パンの大きいのを一ついただきました」

「相変わらずすごい食欲ですよね」

「黙って聞け。……昼も粥三碗、鰹《かつお》のさしみ、ぬかご、奈良漬け、梨ひとつ、飴湯、ゆで栗《ぐり》。夜にはぬかご、佃煮、奈良漬けを食べて元気も回復と云ふものです」

葉山さんは、視線だけをこちらに向けてくる。

「今読み上げた手紙には、おかしなところがあった。きみに解《わか》るか？」

「突然そんなこと言われても。うーん……朝と昼にくらべて、夕食の量が異様に少なかった気はしますけど」

「よくわかったな。さすがプロだ」

あまり褒められてる気がしないのは、なぜだろう。

「ざっくりと確認させてもらったが、きみのおじいさんは、この文通の終盤、つまり昭和二十一年九月頃から『仰臥漫録』を写し始めたようだ。特に最後の三通はほとんど丸写しと言っていい」

「ど、どうしてそんなことを」

「さあな。長々と文通を続けるうち、書くネタが尽きたのかもしれない」

たしかに、それはありそうだ。

「それはそれとして、本来の『仰臥漫録』では、さっき読み上げた日——九月十七日の夕食として『ライスカレー三碗』となっているんだ」

「カレーを三皿⁉」

「丸写しならば当然そこもコピーするはずなのに、きみのおじいさんはそうしなかった。なぜかライスカレーの記述だけ省いてしまっている。そこにどういった理由があるのかと考えてはいるんだが、なかなか難しい問題だ」

「……ごく単純に、見落としたってことでは？」

私が答えると、葉山さんはハッと目を見開いた。

「なるほど。その可能性があった」

作家という種族は、物事の裏側を妄想しすぎるクセがあるのかもしれない。

憑《つ》き物が落ちたような顔で、葉山さんはノートを手に立ち上がる。

「よし。帰って寝る」

「どうもありがとうございました！」

葉山さんは、フラフラとよろけながら店を出て行った。

時刻は十時四十分、そろそろ開店準備を始めなければ。

慌ただしく手紙をしまおうとして、ふと、手紙の末尾に記された〝ソースケ〟という署名に目が留まる。そういえば『冥途』の暗号にも、〝そうすけ〟という名前が出てきた。別人だろうけど、なぜかちょっと引っかかる。

考えているヒマなどない。「おはようございまーす！」とバイトの宮城さんもやってきた。

経営のほうは、幸いにもぎりぎりで黒字が続いている。何かトラブルでもあれば、すぐ元に戻ってしまう数字だ。何も起こりませんように――と祈りを込めて、窓の向こうに目をやる。強い風が、街路樹と胸の内をびゅうっと揺らしていった。

2

「申し訳ありません、店内ただいま満席でして！　こちらにお名前をご記入いただいてお待ち頂けますでしょうかっ」

店の外で、宮城さんが最高のスマイルとともにペコペコ頭を下げている。それを視界の端に捉えつつ、私はせっせとカレーを皿に盛り付けた。

喫茶ソウセキ店内は満席だ。お客さんが皆して同じカレーを注文するのが腑に落ちないけれど、とにかく満席。満席。――満席なのである。

感無量とはこのことだ。ウキウキして鼻歌が出そうになったり、スマホで動画を撮影したくなるのを、今日もなんとかこらえている。

それもこれも、祖父がくれたノートのおかげなのだった。


――一ヶ月と少し前、父から送られてきたノートは、数日かけて葉山さんが解読してくれた。そこに記されていたのは、三十種類にもおよぶ洋食のレシピ。「オムレット」や「ムニエール」を始めとして、やはりカレーのレシピも存在した。それを基に、現代風にほんのりアレンジを加えてみたら、まさかの大ヒットというわけだ。

「思ひ出カレー」と名付けたそのカレーは、ある日を境にぐんぐん売り上げを伸ばし、今や注文の九割九分を占めている。開店から閉店まで、どのお客さんも皆「思ひ出カレー」一色だ。なぜか私をじろじろ見てくる人がいるのは気になるけど、この感動に比べたら些細《ささい》なことである。

「ありがとう、おじいちゃん……！」

私は思い出の中の祖父に心から感謝する。最近姿を見ない葉山さんにも。

だけど、あの手紙と『仰臥漫録』の関係については、まだ何もわかっていなかった。手がかりになるかと思って、三省堂《さんせいどう》書店で『仰臥漫録』や『病牀六尺《びょうしょうろくしゃく》』など子規の著作を買ってみたものの、ほとんど読めていない。毎日忙しくて余裕がないのだ。

それに、子規は重病で寝たきりである。死へ向かう人の嘆きや叫びを、延々と受け止め続けるだけの気力もない。いつ「死の予兆」が出てくるかと思うと、気が滅入《めい》ってしまいそうだ。本を読めば子規カレーが作れるのではと考えたけど、今じゃなくてもまあいいか。またいずれ、ということで。

ところが、全っ然よくなかった。

3

梅屋昭子さんが、お孫さんを伴って来店したのは、十月も半ばのことだった。薄曇りの空と色づき始めた木々に、芥子色をした着物が映えている。

宮城さんが「いらっしゃいませー！」と笑顔全開で案内しようとするのを、私はそっと制止した。「知り合いなので、ここは私が」

開店直後の時間帯だから、すんなりお通しできた。

「店長さん、久しぶりだね。あの時は本当に世話になってさ」

席に案内する間も、昭子さんはずっと私にお礼を言い続けていた。直接的には語らないけど、息子の和彦さんとも仲良くやっているようだ。

お供としてやってきたお孫さんは、茶髪ではあるけれど、真面目そうな青年だ。

「ばあちゃんがどーしても行きたいって言うもんで、念のためオレが、って感じで」

お孫さんは航平《こうへい》さんといって、大学院で勉強中だと話してくれた。飲み会では率先して乾杯の音頭を取るけど、飲み過ぎてすぐ青くなるタイプだと思う。なんとなく。

「結局さ、『冥途』はまだ手元にあるんだ」

椅子に深く腰掛けて、昭子さんが穏やかに微笑む。

「あたしが死んだら処分しろってね、この子にも頼んでおいたから安心だよ」

「ばあちゃん、だからそういうこと言うなよ。百二十まで長生きしようぜ」

口をへの字に曲げる航平さんは、本気で寂しそうな雰囲気だった。いいご家族だ。

「ご注文がお決まりでしたら」と私が話すよりも早く、昭子さんは「カレーふたつ」と二本指を立てた。すかさず航平さんが「ばあちゃんちょっと待って、カレーは三種類ある」とメニューを見せてフォローする。

「漱石カレーと、百――なんだこれ、ヒャクマカレーと、思ひ出カレーだってさ」

「そうなのかい。じゃあ、その思い出ふたつ！」

私はすぐにキッチンへ戻ると、張り切って思ひ出カレーを準備した。

明るい茶色をした、とろみの強いルウは、家庭で作るカレーに近い外見だ。形がなくなるまで炒めたタマネギと、ごろごろ具材とが絡み合い、フルーティな甘さを内包した香りが立ち上る。カレー粉自体はノートに書かれていた会社の製品を使ったけれど、ちょっとだけスパイスを足してみた。結果、柔らかな味わいとなっている。

水量をぎりぎりまで調整して炊き上げた新米に、とろとろのカレーをかけていく。大きめの具材がごろごろとルウの上に散らばって、存在を主張する。見ているだけで脳内よだれが止まらない。これは作った者しか味わえない、至福の瞬間なのだった。

そこに福神漬けと、林檎のピクルスも小皿で添える。砂糖を使わずにハチミツで味を調えたピクルスは、パリパリサクサクで実に美味しい。

試作段階で一度だけ食べてくれた葉山さんには、大好評だった。でも昭子さんにはどうだろう。本物の〝昭和〟を生き抜いた世代からすると、どこがどう「思ひ出」なのかと突っ込まれるかもしれない。

宮城さんが「こちら思ひ出カレーになりまーす」と明るく運んでいく。

直後、昭子さんは凍り付いたように動きを止める。カレーを凝視したまま、ピクリともしない。何か変なことでもあったのだろうか。

航平さんが「うまそー！　これはあいつにも自慢しないと」とスマホで撮影を始めたあたりで、昭子さんも我に返り、「い、いただこうかね」とあたふた食べ始める。

「――やっぱり！」

昭子さんの声がお店に響いて、他のお客さんの視線を集める。

どうしたんだろう。少し様子がおかしい。

「ああ、この味。まさかまた出会えるなんて」——昭子さんは涙ぐんでいた。

「あ、あの、昭子さん？」、「ばあちゃん、どうしたんだよ」私と航平さんは焦って声をかける。ハンカチで目尻をぬぐいながら、昭子さんは微笑んだ。

「ありがとうね、店長さん」

「はい？」

「忘れるもんか。この味……この柿がごろごろと入ったカレーはね、あたしがお嬢さんに連れて行ってもらって銀座で食べた味なんだ」

言葉の意味を理解するまで、少しの時間が必要だった。

思ひ出カレーは、祖父・緒川宗輔の遺したレシピノートから再現したものだ。そして実をいうと、私が小さい頃に祖父が一度だけ作ってくれた「あのカレー」でもあった。今でもハッキリ思い出すことができる。とある秋の日——『二人だけの秘密だよ』と言って、祖父は厨房に立った。黄色い缶に入ったカレー粉を出してきて、おっかなびっくり左手で材料を刻んで。

そのカレーを、昭子さんが戦時中に食べていた？

「えっ、すげえ偶然じゃん！　ばあちゃん良かったな」

航平さんもちょっと涙ぐんでいるけれど……偶然？　これが？

そういうふうには思えなかった。

ノートが祖父の直筆であるという保証はない。ならば、祖父も若かりし頃に同じ店で同じカレーを食べていて、感激して作り方を覚えたのだろうか。いや、それだけで細かなレシピが残せるわけもない。

では——まさか祖父は、銀座でカレーを作っていたとでもいうのか。

それもあり得ない。昔は会社の社長だったと父から聞いた覚えがある。

じゃあ、どうして。立ちすくむ私に、昭子さんが「あのさ」と声を掛けてきた。

「店長さんも見ただろうけど、『冥途』に写真が挟んであっただろ。あの写真、銀座の店の前で撮ったものなんだ」

「そ、そうだったんですか」

脳裏に写真が蘇る。青年二人と美少女の背後に、たしかに『オコツ』と書かれた看板らしきものが、見切れて写っていた。

「店長さんが一体どこでこのカレーを習ったのかは知らないが、本当にありがたいことだよ。冥途に行く前に、またこの味を楽しめたなんて」

昭子さんが、再びハンカチを目頭に当てた。けれど今の私は、もはや返事をする余裕もない。頭どころか身体全体で、疑問がぶわぶわ増殖していた。

「あのー」——背後からの声で我に返る。会計を済ませた女性二人連れが、好奇心を含んだ視線で私を見ていた。

「さっき〝習った〟って聞こえたんですけど、やっぱり《メモワル》で修業して独立した系の方ですか。だからカレーも《メモワル》なんですよね」

「はい？」

わけが解らない。私が働いていたフレンチは《メモワル》という名前ではないし、カレーも祖父のノート由来である。

女性二人連れは「ですよね～」と妙な笑いを残して帰ってしまった。

状況が飲み込めないまま、とりあえず厨房に戻ろうとしたところ、航平さんが「おねーさん、これ」と気まずそうな顔でスマホを見せてきた。

表示されているのは、某外食店データサイトの、《喫茶ソウセキ》のページだった。評価は☆2・1。書き込まれたクチコミはというと、

『名店のコピーカレー食べられます』

『美味しいのに残念。ひどい丸パクリ』

『良識を疑う盗っ人カフェ！』——大炎上していた。

4

きっかけは、カレー通による発信らしい。

『広尾《ひろお》の老舗《しにせ》フレンチ《メモワル》のカレー、神保町で発見しました笑』というツイートは、瞬く間に拡散されて話題となった。そのうち写真つきで比較を行う者や、「潜入・食レポ！」を行う者まで出てきて、さらに炎上したようだ。

お客さんが増えたと思っていたけど、料理がウケたからではない。「パクリカレー」を興味本位で食べにきたから、だったのだ。

「………」

私は冷たい手でスマホの電源を落とした。

薄暗い店内には、もう誰の姿もない。〝炎上〟が発覚してからは新たに客を入れず、梅屋さんたちが帰った時点で店を閉めたのだ。数日間臨時休業します、というお知らせも表に貼ってきた。

さきほど帰った宮城さんは、「あんま気にしないほうがいいっすよ、こういうカブりって結構よくあると思うんで」と励ましてくれた。

気にしないわけには、いかない。私の胸は重苦しいままで、中に粘土でも詰まったかのよう。……私が道を決めたって、どうせ崖の下へ続いている。それを思い知らされてしまった。

コン、コン、と控えめに、通用口がノックされる。

「いるのか？」

扉を開けたのは、葉山さんだった。さっき私が連絡したのだ。

葉山さんはやや緊張した面持ちで店に入ると、私の真向かいの席に腰を下ろした。

「その、災難だったな」

思わずうつむきそうになるのを、寸前でこらえた。いま下を向いたら、喉のあたりに押しとどめてある熱い塊が、目や鼻から溢れてしまう。

どうにか「大丈夫です」と答えると、葉山さんは頭をがりがり掻いた。

「しかし、あの子規カレーは完璧だった」

「……子規カレー？」

なんのことだろう。私の疑問に気付かないまま、葉山さんは妙に燃える瞳で「いいか、よく聞け」と続けた。

「正岡子規は柿が大好物で、一度に十個食べたこともあったそうだ。十個だぞ、すごいな。また、『自分が死んだら柿食いで俳句の好きな男だった、と後世に伝えてくれ』という意味の俳句を残している」

「はあ」

「そして子規の代表作といえば『柿食えば鐘が鳴るなり法隆寺』だが、あれは親友・夏目漱石の作った『鐘つけば銀杏《いちょう》散るなり建長寺』への返歌だとも言われている」

「へえ」

「それに、子規が漱石と出会ったのは、神田の大学予備門でのことだ。すなわちあのカレーはまさに本の街・神田神保町にぴったりの素晴らしい一品だった。あまり気を落とすことはない」

もしかして、葉山さんなりに励ましてくれているのかな。

だけど、

「すみませんが、あれは子規カレーではなくて『思ひ出カレー』です」

勝手に厨房に立ち入り、勝手に水を注《つ》ごうとしていた葉山さんの——時が止まった。

「子規カレーだろう？」

「思ひ出カレーです。例のノートから再現した祖父のレシピですから」

「子規カレーは？」

「ありません」

カレー魔人がガックリと肩を落とした。

仕方ない。そのうち子規カレーを考えてみよう。

「それよりも、今はこっちが問題です」

私は例のノートをテーブルに広げた。葉山さんを呼び出したのは、他でもない、このノートを検証するためなのだ。

「葉山さんはどう思いますか。このレシピ、パクリなんでしょうか」

「そもそも俺は、その老舗フレンチとやらのカレーを食べたことがない。だが材料面で言えば、他に似ているカレーがあってもおかしくはないと思う」

「……ですよね」

ノートによれば、カレーの材料は「柿、玉葱《たまねぎ》、豚肉、バタ、小麦粉、塩、D&PカレエパウダアまたはS&B赤缶でも代用可」。

特徴的なのは、柿とカレエパウダアだろう。S&B赤缶とは、もちろんエスビー食品の製造する缶入りカレー粉のこと。ロングセラーの名品だ。しかし、

「このD&Pっていうのはメーカー名か？　俺は初めて聞いたが」

「私も知らなくて、外国のかなと思って検索したんですけど……」

D&Pカレエパウダアなるカレー粉は、大正時代末期から販売されていたようだけど、昭和三十年代に入ると業務用だけの販売となり、平成初期には製造中止となったらしい。——「らしい」というのは、他に記録が残っておらず、カレーマニアが調べてまとめた情報しか出てこなかったからだ。

スマホで、葉山さんにカレエパウダアの画像を見せた。

「黄色の下地に、ゾウの絵が描いてあるんだな。なるほど、美味そうだ」

これを見て、私ははっきり思い出していた。この特徴的な外見を、祖父の家で見たことがあるのだ。祖父が一度だけカレーを作ってくれたとき、たしかこの缶を手にしていたと思う。でも現在はもう入手不可能なので、思ひ出カレーを作る際には、レシピにあるとおりS&B赤缶で代用したというわけだ。

さらに私は、老舗フレンチ《メモワル》のカレー画像を検索して見せた。葉山さんの眉間に、深い谷間が現れる。

「ほぼ同じだな。強いて言えば柿の切り方と盛り付け方が違うが、それだけだ」

葉山さんが腕を組んだ。

「考えられる可能性として、きみが《メモワル》のカレーを食べたことがあって、無意識のうちに似たものを作ってしまった……というものがある。だがレシピノートがある以上それは否定できる」

「とにかく、私のリサーチ不足だったことは間違いありません。もっと見た目や味を変えるとかして対応するしかないですよね」

「やめておいたほうがいい。きみがパクっていないのならば、堂々としているべきだ」

「でも、辛《つら》いんです」

外食店データサイトもその他SNSも、今はだいぶ落ち着いているけれど、明日もこのままだという保証はない。思ひ出カレーはおろか、店や私本人への攻撃さえ始まりそうな勢いだ。そんなのに耐えられるほど強くはない。

後悔だけがのしかかる。レシピノート再現なんてしなければよかった。あれは心の棚に飾っておくだけでよかったのだ。

「味とは、個人の主観で決まるものだ」

急に葉山さんが変なことを言い出した。

「俺が食べた〝カレー曜日（中辛）〟ときみが食べた〝カレー曜日（中辛）〟、まったく同じ一皿であっても、まったく同じ感想にはならないだろう」

「何の話でしょうか」

「つまり、誰かが《メモワル》と《ソウセキ》のカレーを同じだと感じても、そこには見た目からの先入観や、店に対する思い入れの深さも絡んでくる。俺やきみが《メモワル》のカレーを食べたところで、まったく別のものに感じる可能性だってある」

そこで葉山さんは一度話すのを止《や》めて、コップの水を口に含む。それから再び、私を真っ向から見つめてこう言った。

「きみはまだ、《メモワル》のカレーを食べに行っていないんだったな」

「あ……！」

にわかに希望の光が差し込んだ。

「そうですよね、実際に食べてみないとわからないですし」

「そういうことだ」葉山さんが幾分ホッとしたようにうなずいた。

「食べてみて、それでも似ていると感じたならば、その原因を考えてみればいい」

「ですね！　じゃあさっそく明日にでも偵察を」

ピピピピ、と無機質なコールが私の声を遮った。店の電話が鳴っている。ディスプレイには、市外局番03で始まる番号。東京都内からの発信だ。

二人で顔を見合わせる。イヤな予感しかしなかった。だけど、逃げられないという直感もあった。

小さく息をのみ、葉山さんが見守る前で、そっと受話ボタンに触れる。

「もしも……」

「忙しいところ、失礼。そちらは《喫茶ソウセキ》で合っているか。広尾で《メモワル》という店をやっている、馬留《うまどめ》だが」——開戦の合図だった。

5

老舗フランス料理店《メモワル》は、広尾駅から少し歩いたところにあった。大きな公園沿いを進んだ先だ。雑居ビルの一階などではなく、一軒家を改装したような造りの店で、見るからに高級店だと判る。客単価はうちの十倍ぐらいだろうか。

フレンチでの修業時代、私は先輩に連れられて、各地の名店を食べ歩いている。《メモワル》は、それらにひけをとらぬ気品と風格を漂わせていた。

そういうわけで、店に入る前から気圧《けお》されていた私だけど、入ってからもずっと、野に放り出されたハムスターのような気分だ。

本格的なお店では、ランチとディナーの間に〝クローズ〟と呼ばれる時間帯を設けている。お客さんを入れずに、片付けやディナー準備や新人教育や何だかんだ雑用を行う時間だ。なので店内にはスタッフしかいないし、クロークと思しき人もソムリエっぽい人も、皆が皆、私に視線を向けてきていた。

『きみが悪いことをしたわけではない、堂々と行け』という葉山さんの励ましはありがたかった。が、とりあえず逃げ出したい気持ちで一杯だ。

「こちらへどうぞ。すぐにオーナーがまいりますので」

少し照明を落としたフロアの、ほぼ中央のテーブルに案内される。直後、オーナーシェフの馬留さんがやってきた。

強面《こわもて》でがっしりした体格の、年配の男性だ。額に走るシワの数や、まっすぐに引き結んだ口元が、人柄をコンマ五秒で伝えてきた。帰りたい……。

馬留さんは、右手にお盆《トレンチ》を持っている。そこに載っているのは――一皿のカレー。

私ははじかれたように立ち上がった。

「初めてお目にかかります。私は神保町で」

「ウチの特製カレーだ。三十年間、出し続けている。まず食べてみてほしい」

「は、はい」

もはやヘビに睨まれたハムスターの子ども状態。私は静かに腰を下ろすと、言われるがまま、磨き抜かれたスプーンを手に取った。

目の前の皿を見て、心臓が飛び出しそうになる。同じだ。本当に、何もかも同じ。香りもほとんど一緒だけど、わずかに《メモワル》のほうがスパイシーかもしれない。そして恐れていたとおり、味もまた、ほぼ同じだった。もしも目隠しで食べさせられたら、十回に八回は間違えるだろう。

ネットの評価――『広尾のカレーを神保町で発見』は正しかったのか。私は呆然《ぼうぜん》とスプーンを置く。それを見て、馬留さんも向かいの席にどっかり座った。

「ネットでの騒ぎは、ウチの若いのが教えてくれた。ウチでもあなたのところのカレーを食べさせてもらったが、スタッフの皆が『同じだ』と言った」

馬留さんは、強い眼光で私をじっと見つめてくる。説明を求められている。なんて言えばいいんだろう。『ノート通りに作っただけで、私はパクってません』？

「ウチのオヤジは」いきなり馬留さんが喋りだしたから、私は慌てて背筋を伸ばす。

「オヤジは腕のいい料理人だった。戦時中まで銀座の洋食店で働いていて、そこのレシピでよく晩メシを作ってくれた。つまりこの特製カレーはオヤジの味であり、洋食店の味でもある。その一子相伝ともいえるレシピが他の店で使われるなど……」

「その洋食店のお名前は」

「《カッコオ》という。小さな店で、店主と料理人の三人だけで切り盛りしていたらしい。昭和十九年に材料不足で閉店し、店主は空襲で死亡。意味はわかるな？」

なるほど。だからレシピは馬留さんのところにしかない、私が《メモワル》の味を盗んだ、と言いたいわけだ。

「お話はわかりましたが、私のお店の『思ひ出カレー』は別物です。見た目や味はたしかに双子みたいですけど、出自がまったく違うんです」

私はカバンからノートを取り出し、馬留さんの前にそっと差し出した。

「これは？」

「私の祖父の、遺品です。誰が書いたはまだわかってないんですけど、形見として私が受け取りました。……ここ、これを見て下さい」

例の、「辛汁飯」のページを開く。

「このページ、これが私の店の『思ひ出カレー』の基になったレシピです」

「ふん……」

馬留さんは、ポケットから老眼鏡を取り出した。それを掛けても、字の汚さはどうしようもない。けれど目線が上下に移動しているので、読めてはいるようだ。

「だから《メモワル》さんの真似とかパクりとか、そういうことではありません」

これで解ってもらえるような気がしていた。甘かった。

「なるほど」――馬留さんが立ち上がり、のしのしと厨房へ戻ってしまった。スタッフの皆さんにじっと見つめられながら耐えること三分少々……。

ようやく戻ってきた馬留さんは、一冊のノートを手にしていた。古びていてボロボロだ。表紙なんて、黄ばんだセロテープで無理矢理つなぎ止められている。

嫌な予感が口から飛び出てきそうに膨らんだ。

馬留さんが、ノートを私の前に置く。

「奇遇だな。ウチにも同じようなレシピ帳が存在する」

そのノートには、思ひ出カレーとほぼ同じレシピが載っていた。そればかりでなく、表紙の裏に大きな字で「馬留忠《ただし》記　皇紀二六〇三年九月五日」との署名入りだ。

「これは……馬留さんのお父様が書かれたものですか？」

「そのとおり、忠とはオヤジの名だ。出征前に作成し、実家に預けていたもので、この皇紀二六〇三年とは昭和十八年を指している」

私は必死になって、二冊のノートを見比べる。筆跡は大きく異なっていたけれど、調理手順も材料もほぼ同じ。それ以外で違うところといえば、

「カレー粉が違いますね」

祖父のノートには「D&Pカレエパウダアまたは S&B赤缶」とあるけれど、馬留さんのほうには「D&Pカレエパウダア」としか書かれていなかった。たまたま似たレシピが存在した、ということだろうか。

しかし馬留さんは、確信を持って言い切った。

「これでハッキリした。やはりウチのレシピがオリジナルだ」

「な、なんでそんな──」

「もしかしたらウチのオヤジがノートを二冊作ったのか、と考えもしたが、見て判るように筆跡が違う。すなわち、そちらのノートは別の人間が書いたということだ。さらには、S&B赤缶の存在……」

「カレー粉がどうかしましたか」

「……そちらのノートに書かれている『S&B赤缶』、発売は昭和二十五年だ」

「えっ⁉」

私の声が、静かなフロアに吸い込まれるようだった。それが事実ならば、祖父のノ

ートは少なくとも昭和二十五年以降に書かれたということになる。

「意味はわかったな？　オヤジのノートが先にあった。そちらのノートは、戦後のどさくさにまぎれて誰かが書き写したものだろう」

私は全力で反論材料を探した。ここで打ち負けるわけにはいかなかった。

「ですけど、先ほど馬留さんは、《カッコオ》は店主と料理人の三人で経営していたとおっしゃいましたよね。その三人目の方が、後年にレシピを書いたのでは」

戦後少しして、その人物は、お世話になった店の味を残したくなったのだ。だからノートに書き留めた。なぜそれを祖父が持っていたのかはわからないけど。

普通に起こり得ることだし、似たレシピが二つあるのも納得がいく。

けれど馬留さんは「それはない」と言い切った。

「もうひとりは、終戦の翌年に死んでいる」

その青年は、馬留忠さんと同年代のうえに同郷だったから、仲良くなるのは早かったという。『いつか一緒に店を出そうぜ』と、本気で語り合っていたらしい。けれど戦況は悪化、ふたりとも徴兵されてしまう。再会できたのは、終戦後の焼け野原と化した東京だった。

彼は右半身に大怪我を負い、入院していたのだ。腕の腱《けん》をやられたとかで、『二度と包丁が握れない』と落ち込んでいた。忠さんにできたのは、闇市で食糧や薬を手に入れ、見舞いに通うことぐらい。

そうして、終戦から一年少々が過ぎた秋の日。彼は療養先から姿を消した。私物のすべて——財布やお守りやなんかをそこに残して、夜明け前にいなくなった。

きっと故郷へ帰ったんだろう……忠さんはそう信じようとしたけれど、数日後に残酷な話を聞くこととなる。《カッコオ》の近くを流れる川に、男の死体が浮いていたというのだ。忠さんは、それを見に行くことができなかった。

あいつはもう、いない。大好きな料理が二度とできない苦しみに耐えかね、自らあの世へ旅立ったのだ……。


「これで、わかったか」

馬留さんは、念を押すように私を見据える。

「だからこそ《カッコオ》レシピの継承者は、ウチのオヤジただひとり」

もはや反論できる要素など見当たらない。今の話で、すべてが裏付けられてしまった。祖父のノートは、作者さえもわからないのに。

「ウチにも三十年やってきたプライドがある」馬留さんが、重々しく語る。

「この件をどう処理すべきか、悩んだ。本来ならば若き料理人を叩き潰すような真似などしたくはない。だが模倣や盗作を許容するわけにもいかない」

「わ、私のカレーはそんな……」

思ひ出カレーは盗作などではない、そう言いたい。でも強く主張できるほどの根拠がなくて、私に残されているのは「おじいちゃんの形見がパクりなわけない！」という感情論だけ。

何か、ないだろうか。思ひ出カレーの無実を証明できるものが。

馬留さんは何も言わずに目を閉じて、私の言葉を待っていた。

《メモワル》スタッフの視線が、そして三十年以上特製カレーを提供し続けてきたという誇りや時間の重みが、ずっしりと圧をかけてくる。

「……わかりました」そう発声した途端、喉の異常な乾きを自覚した。

「ひとまず、思ひ出カレーの提供を中止します」

私が席を立ち、フロアを後にしても、馬留さんは沈黙を守っていた。


そこから家まで、どんなふうに帰ったのか覚えていない……なんてことは全然なかった。どうやって帰ったのか、しっかり覚えている。

怒りと哀しみと悔しさがごちゃまぜのまま、広尾駅近くの高級食料品店で外国製のお高いココアやブランド鶏や柿や林檎や季節の果物をどっさり買い込み、エコバッグ二つをいっぱいにして自宅へ戻った。

それらをザクザクサクサク切り刻み、鍋に放り込んで火をつける。ぐらぐら煮立つ鍋は、私の心中そのものだ。

馬留さんは敵ではない。それはわかる。ご自身の知っていることと、目の前に出てきた事実を照らし合わせて、淡々と説明したに過ぎない。

それでも、いずれ必ず証明するのだ。祖父のノートもオリジナルであるということを。私の奥底では、すでに反撃ののろしが上がっていた。

6

カレーとは、調理時間に幅がある料理だ。レトルトカレーならば数分で食べられるし、市販のルウを使ったものでも一時間はかからない。インドカレーやタイカレーだって、現地では日常的な家庭料理なのだから、それほど手間暇かかるものではない。

それが〝欧風カレー〟となると、途端に手間のかかるものに変貌する。タマネギを飴色になるまで炒めたり、鶏の出汁《ブロス》をとったり、素材がルウに溶け込むまでじっくりことこと煮込んだり。

だからそのスキマ時間に、ノートや手紙の検証を行うことにした。本格的に出汁をとろうと思うと、軽く数時間はかかるから。

あれからアパートにこもって新作カレーを研究しまくったおかげで、もう材料構成や調理手順は見えている。

五日ぶりに来た喫茶ソウセキは、ずっと閉めていたせいか、少し埃臭い気もした。

時刻は午前十一時――店内を軽く掃除して、テーブルにノートや手紙を広げて腕まくり。ぐらぐら煮える鍋の音がＢＧＭだ。

「さあ、やるぞ！」

思ひ出カレーを再び提供したい。

そのためには、なんとしてでも新たなる事実が必要だった。

鶏の脂肪分と旨味《うまみ》がスープに溶け出し、そこから空中に漂って、私の鼻を誘惑してくる。実はこの段階でも美味しいスープにできる。食べたくてたまらないのを我慢して、作業に戻った。外はもう暗くなっている。

店に来てからというもの、ずっと手紙を読み続けていた。なぜ手紙を調べるのかというと、この件には手紙も関わっていると確信したからだ。なにしろノートと同じ箱に入っていたのである。

手紙の内容は、どれも似通っている。祖父・緒川宗輔が、ウバラさんを熱心に気長に励ますものだ。祖父も病気で苦しいはずなのに、とても明るく振る舞っている。

こんなに優しい人がレシピ泥棒なんてするわけ——いや、冷静にならないと。感情に惑わされてはダメだ。

濃いめに淹《い》れたココアを口に含む。苦いけど、頭がシャキッと切り替わる。便箋を元のようにしまおうとして、何気なく封筒をひっくり返してみたら、驚いた。

宛先が「東京都世田谷区《せたがや》　東京第四陸軍病院　鵜原三津男様」となっている。

昭和二十年から二十一年一月の手紙にはその住所が書かれていて、残りの期間は「東京都荏原区《えばら》××町△病院」宛て。ウバラさんは文通の期間中、ずっと入院していたということか。

戦後すぐの時代、街は負傷兵で溢れかえっていたと聞いたことがある。彼らの苦難を思うと、胸がぎゅっと痛くなった。

そして手紙を読み返すうちに、もうひとつ不思議なことに気がついた。「窓の向うに紅葉が見へます」「ここからは見へませんが」など、祖父の手紙には「窓から見える景色」ばかり書かれているのだ。そのうえ、〇〇をした等の〝行動〟は、すべて「ミーちゃん」が行なっている。

もしかしたら祖父はこの当時、部屋で寝たきりの生活を送っていたのかもしれない。

そういう発見をメモしながら、どんどん手紙を読んでいく。表から人通りが消えつつあることにも気付かなかった。

やがて鶏から完全に旨味が溶け出し、出汁がキレイに仕上がった頃。消印順に並べた手紙の、最後のほうに近付いていた。例の『仰臥漫録』丸写しが始まるあたりだ。便箋の紙質が変わっているのは、戦後の社会が落ち着いてきた証《あかし》なのだろうか。滑らかになった便箋を開けば、さっきまでと同じ、黒々としたペンの筆跡が――

「あれ？」思わず独り言が出てしまう。そこには、確かな違和感があった。

便箋を手に、照明の真下へ移動する。強い光の下で見てみると、筆跡が弱くなっているのがわかる。直前の一通と比べれば、さらにハッキリ判別できた。きっと代筆者――ミーちゃんこと祖母に何かが起きたのだろう。

いよいよ最後の手紙に突入する。

消印は「21.10.29」……昭和二十一年十月末。ちょうど今ぐらいの時期である。封筒から便箋を取り出して、私はちょっと首を傾げた。一枚しか、ない。それまでは必ず二枚あったのに。

そのたった一枚の手紙には、こんなことが書かれていた。

《ウバラ君、お元気ですか。昨晩は十三夜にて、庭の虫の声はまつたく衰へずに聞こえてゐました。今朝は牛乳一合とビスケツトを食べました。昼には友人が訪ねて来、

焼栗もいただきました。所で、折り入って貴方様にお願ひが御座います。》

手紙はそこで終わっていた。いつもの署名もない。裏返したり、封筒の中を探してみたけれど、続きの文章はどこからも出てこない。

あまりにも唐突で、不自然だ。本当はこの後にもう一枚あったのでは。

それに、なぜか口調も変わっている。今まで〝ウバラ君〟と書いていたのが、最後の最後で〝貴方様〟になった。

もしかして……この手紙は祖父の言葉ではないのかも。代筆しているはずの祖母が、自らの言葉だけを書き連ねたようにも感じる。でも、なんのために？

胸の中に、灰色の雲が湧き上がる。今にもパチンと破裂して、真っ黒い雨を降らせてきそうだ。

――いけない。そろそろコンロの火を止めないと。嫌な予感を忘れるように、私はわざとらしく立ち上がる。その時、通用口を叩く微かな音に気がついた。

「開いてますよ」の一言で、遠慮なく扉が開かれる。壁の時計は二十三時を指していて、なるほど、夜型人間の活動時間である。

顔を覗かせたのは、やはり葉山さんだった。

「久しぶりだな。死んでないか」

「自分では生きてると思ってます」

「ならば、よかった。しかし先方の主張をひっくり返すのは大変そうだな」

「それなんですけど……うちのレシピもオリジナルだということを、一緒に証明してもらえませんか」

一瞬の間があって、

「報酬は？」

「新作のカレーでいかがですか」

「詳しく話を聞こうか」——葉山さんのメガネがきらめいた。

7

壮絶な再検証が始まった。

馬留さんから聞いた話をそっくりそのまま葉山さんに伝え、意見を出し合い、ノートと手紙を広げてひとつずつ丁寧に確認していく。私が疲れてウトウトすると、葉山さんが容赦なく叩き起こしてくれた。

最後の手紙に抱いた違和感についても意見を聞きたかったけど、

「おかしいのはわかるが、それを言語化するためのピースが足りない」と葉山さんも首をひねる。そう、情報が足りないのだ。だけどこれ以上、どこからも新たな手がかりなど出てこないだろう。

私は目をごしごしこする。窓の外は、空気の色が変わりつつある。時刻は朝の六時を回っていて、表ではゾンビのような様相の人々がフラフラと通りを行き交っていた。たぶん出版社の社員さんたち（帰宅中）だと思う。

今日は一度解散するべきだ。そう提案しようと振り向いたら、難しい顔の葉山さんが「ひとつだけ……」と口を開く。

「ひとつだけ可能性があるかもしれない」

「ど、どんなことですか」

突然の発言に、眠気が完全に吹き飛んだ。

「《カッコオ》という単語をどこかで聞いたような気がしていたが、やっと思い出した。梅屋昭子氏だ」

「昭子さんが？」

「記憶に間違いがなければ、昭子氏は病室で言っていたはずだ。『お嬢さんに色々なところへ連れて行ってもらい、銀座のカッコオという店でも食事した』と」

それで私もようやく思い出した。そんな発言、あった気がする。

「たしかに昭子さんなら《カッコオ》のこと……馬留忠さんやもう一人の料理人、それにレシピのことを覚えてらっしゃるかもしれませんね」

　レシピノートが二冊ある謎を、一度で解決できるような情報が出てくるとありがたい。たとえば「《カッコオ》では緒川宗輔という料理人が働いていて、なんかレシピをノートにまとめてたね」とか。いや、さすがに図々しいか。

　それでも光が差し込んだのは確かだった。

「では今日の夕方にでも連絡を取ってみます」

「今すぐに連絡してみるべきだ。思い立ったが吉日というだろう」

「朝の六時ですよ！　昭子さんだって、まだ寝て……」

「基本的に、高齢者は早くから起きて活動している。そのためにテレビ局は朝の四時から時代劇を放送するんだ。つまり問題ない」

　もはや「疲れたので」「眠いので」とは言い出せない雰囲気だった。

　悔しまぎれに、「葉山さんはこのあとカレーを食べたいだけですよね」と言ってみる。

「その通りだが」と即・肯定された。

「……ちなみに昨晩は何を召し上がったんですか」

「カレー曜日だ。辛口の。国産野菜がゴロゴロで食べ応えがある」

「その前は」

「噂の名店シリーズ・珊瑚礁《さんごしょう》の湘南《しょうなん》ドライカレー。あの濃厚なコクは素晴らしい」

「カレー魔人……」

「いま何か」

「いいえ。最近のレトルトはものすごく美味しいですよね」

さっきまでの深刻な気持ちはどこへやら、肩から力が抜けた気がする。葉山さんの存在が、とてもありがたかった。

私は思いきり伸びをする。腕を伸ばし、背中を反らすと、ボキゴキボキと決して快くない音がした。

「わかりました。ではカレーを用意しながら、昭子さんに連絡とりましょう！」

8

昨晩からじっくりと抽出した出汁をベースに、てきぱきとカレーを組み立てていく。もう設計図は頭の中で出来上がっているけど、油断はできない。いつもと同じ手順で作ったつもりでも、ちょっとしたことで仕上がりが変わる——それが料理なのだ。

このカレーは野菜やフルーツがメイン具材なので、大きめに刻んだものをバラバラと鍋に投入していく。ちなみに出汁のほうにも野菜などが溶け込んでいるから、これはいわば〝追い野菜〟にあたる。

鍋の中身がぐらぐらと沸き立ったところで、私はスマホを手に取った。葉山さんが見守る前で、梅屋昭子さんに電話をかける。

今回のことを何と説明したらいいんだろう。ぐだぐだ悩む暇もなく、四コール目で出てくれた。以前に番号を交換していたおかげか、昭子さんは「おや、カレー屋の店長さんだね」とすぐにわかってくれる。

「なんだい、また何か忘れ物したかい」

「いえ。今日はお伺いしたいことがありまして」

「あたしに？」電話越しに戸惑いが伝わってくる。もうズバッといくしかないだろう。

「以前にお話しされていた銀座の洋食店について、詳しく教えていただきたいんです」

「……っていうと、《カッコオ》のことかね」

いきなりビンゴだ。葉山さんの記憶力に心から感謝した。

情報が共有できるよう、スピーカー通話に切り替えて、

「そのお店について、なんでもいいので教えて下さい。うちの思ひ出カレーと似てる料理を召し上がったんですよね」

「そうだよ。まあ《カッコオ》のほうがもう少し深い甘みがあったように思うけど、あの柿、あのとろけるような肉……まさに同じだね」

「深い甘み、とは」

「多分カレー粉の味だ。今じゃもう、D&Pなんて売ってないんだろ?」

「それって、D&Pカレエパウダアのことですか」

「さすが専門職《カレーやさん》、よく知ってるね。そうだよ、黄色くてゾウの絵が描いてある缶だった。まったく、懐かしいったら……」

私は急いでノートをめくった。やはりそうだ。思ひ出カレーの基となったレシピには、「D&Pカレエパウダア」と書いてある。それに、この名称は《メモワル》のノートにも書かれていた。でも、どうして昭子さんが材料まで知っているんだろう。

「お店のこと、お詳しいんですね」

「そりゃそうだ。なんせ《カッコオ》はね、社長のとこのお得意様だったんだから。その関係で、お嬢さんもよく食べにいっていたわけだし」

とんでもない情報を聞いた気がした。社長のお得意様。それはつまり。

「まさか、セキモトさんの会社でD&Pカレエパウダアを製造していたんですか⁉」

「そうだよ。言わなかったかい」

昭子さんは、まるで我がことのように得意げな声で語り始める。

「社長の会社、関元《せきもと》商会が売り出したあのカレー粉はね、そりゃあ美味しかったのに、発売当初は売れなかったんだって。なんでも、他にはない唯一無二のスパイスを使って深い甘みを出したらしいけど、それが逆にダメだったみたいでね」

けれど《カッコオ》店主だけはその味に惚れ込み、頑なにD&Pカレエパウダアだけを使い続けたのだという。

横で聞いている葉山さんも、「そんなことが」と驚いていた。

「こうなると、やはり緒川宗輔氏も《カッコオ》関係者だった可能性が高いな。きみは馬留氏から『もうひとりの料理人』の名を聞いていないんだろう？」

そうだった。「いかにD&Pカレエパウダアが名品か」と熱く喋り続ける昭子さんを「あの、すみませんが」と遮って、

「《カッコオ》で働いていた料理人の名前、ご存知ありませんか？　その……緒川宗輔という男性だったりとか」

だんだん自信がなくなってきた。九割九分そんなわけがない。祖父が料理人をしていたはずはないのだ。

予想通り、昭子さんは「違うね」と言い切った。

「ていうかさ、なんで店長さんが宗輔さんのことを知ってるのかが不思議だよ」

妙な言い方だと思った。私が聞き返すまでもなく、

「おがわそうすけ、だろ？　その方は社長の後継者だよ。お嬢さんと婚約して、関元商会を継いだはずだ」

「しゃ――」とっさに返事ができなくなった。

「あ、ええと、あの、確認ですけど、お嬢さんのお名前って」

「美楠子さんがどうかしたかい」

もはや酸欠の金魚状態だ。口をぱくぱくするしかない。まさか祖父・緒川宗輔が関元商会の跡取りだったとは。

葉山さんも冷静ではあるけれど、少し興奮しているようだった。いつもよりも早口になっている。

「やはりあのノート、盗作ではなさそうだな。なにしろきみのおじいさんは、カレー粉の製造元だったわけだから」

「そ、そうですよね」

私が胸を手で押さえ、動悸《どうき》を鎮めようと頑張る間も、昭子さんは話を止めない。

「でもね、宗輔さんもお辛《つら》かっただろうよ。なんでも肺に穴が開いちまったとかで、二年ぐらい療養されてたそうだから」

「肺に穴⁉」

思わず繰り返すと、葉山さんが眉をひそめた。

「まさか脊椎カリエスじゃないだろうな」

その声は昭子さんにも聞こえたようで、「そうそう、それ。〝かりえす〟って言うんだった」と肯定された。

「千葉の別邸でさ、ずっとご病気と闘っておられたよ。お嬢さんもたびたび看病に向かわれたものの、歩くこともできない状態らしいって同僚が噂してたんだ」

「そんなことがあったんですね……」

亡き祖父は、とても健康な人だった。私が知る限り、風邪ひとつ引いたことがない。それなのに、過去に壮絶な病苦を乗り越えてきていたとは。

「脊椎カリエスは、結核菌が骨に感染することで起こる症状だ。悪化すると、物理的な意味で身体に穴が空く。子規も同じ病にかかっていたが、包帯交換のたびに激痛で泣きわめき、ついには筆も持てなくなった」

葉山さんの話で、納得できた。だから手紙を祖母が代筆していたのだ。

「あれから七十年以上も経っちまったのかい」昭子さんがしみじみと言う。

「戦争の後、宗輔さんもどうなったことやら。もしご存命なら、きっと深みのある二枚目のじいさんになられただろうよ。若い頃は本当に素敵な方だったから」

「それはたしかに、見てみたかったです」

「おや、店長さんは見たはずだろ」

「はい？」

「あたしが本を置き忘れた時、『冥途』の中を見たって言ってたじゃないか。あそこに挟んでた写真、あれにお嬢さんと宗輔さんが――」

「ちょっと待ってて下さいっ」

あたふたと画像フォルダを開き、夏に撮った写真をソートする。葉山さんも「どれだ？」とのぞきこんできた。

『冥途』に挟まれていた白黒写真。見切れて写りこむ「オコツ」という看板は《カッコオ》のものだったらしい。そして三人の男女に目をやった。中央で微笑む美少女が、祖母・美楠子だとして。

「えっと。男性が二人写ってるんですけど、どちらが宗輔さんでしょうか」

「ん、二人だって？」

「はい、二人。それも雰囲気が似た方たちです」

電話口の向こうで、昭子さんが「ああ、そういえばそうか」と声をあげる。

「実は今、本を孫に貸しててさ。手元にないからよくわからないけど、全体的にふっくらしていて優しいお顔のほうが宗輔さんだよ」

祖母の右隣に立つ青年だろうか。でも左隣の人も、優しそうな瞳をしている。

「じゃあ、もう一人の方は」

「そりゃあんた、ミツさんに決まってる」

「ミツさん？」

「《カッコオ》にいた料理人だよ。タダさんとミツさん、ふたりは名コンビだったからね。でもあたしからすると、生真面目でとっつきにくかったんだ。――ええとなんて名前だったか、エハラ……じゃなくて」

んん、と唸る昭子さんは、

「ああそうそう、思い出した。たしかウバラミツオって名前だったよ」

9

《喫茶ソウセキ》店内には、ぐつぐつとカレーが煮え立つ音と、業務用冷蔵庫のブーンという振動だけが厳かに響いていた。

昭子さんとの電話を切ってから、私も葉山さんも黙り込んだままだ。それぞれが衝撃を受け、興奮し、そして何かを深く考え込んでいたのだと思う。

言いたいことはたくさんある。だけど、まだうまく形にならない。今の段階で口に出したら、途端に泡となって消えてしまいそうな気がした。

――祖父の親友・ウバラさんは、元《カッコオ》の料理人。そして祖父が継いだという会社が「関元商会」で、主力商品がD&Pカレエパウダア。ウバラさんの勧める《カッコオ》では、それを使ったカレーを出していた。

ここまでが、わかっている事実。つまり……

「ノートの作者はきみのおじいさんではなく、親友の料理人・ウバラミツオ氏……ということになりそうだな」

私が辿り着くより早く、葉山さんが言ってくれた。

二冊のノートに同じレシピが残されているのは、自然なことだった。ウバラさんも馬留さんのお父様も同じ店で働いていたのだから。

でもそうなると、また別の問題が出てくる。

「ウバラさんは、戦後すぐに命を絶ってしまわれたんですよ。レシピに書かれたS&B赤缶の発売は昭和二十五年。それ以前にこのノートを作成できるわけが」

「たしかにそれはそうだが――」

ぐう、と葉山さんのお腹が鳴った。

「そろそろ朝ご飯にしましょうか」

お米はもう炊けている。あとはカレーの味を調えるだけだ。

私はいつも通りに店のエプロンを着込むと、厨房に立った。白い楕円の皿《オーバルプレート》を取り出し、気持ち多めにお米を盛り付けていく。

そしてカレー鍋の蓋を開けた瞬間。甘くて濃厚な、どこか懐かしさを感じさせる切ない香りが、ふんわかと店中に満ちていった。葉山さんの口元もゆるむ。

「今回は、また少し雰囲気が違うな。なぜか冬を感じさせる匂いだ」

「さすがですね」

黒に近い焦げ茶色のルウは、いつもよりもとろみが強くてもったりしている。かきまぜる度に、存在感の強い具材がおたまにごっつごっつとぶつかってきた。正直、盛り付けにくいけど、具材を楽しむカレーなのだから大正解である。

米の上にルウをたっぷりとかけた後、具材の一つである手羽元を真ん中にどんとのせてみた。マリネして焼き色をつけてから煮込んだおかげか、ツヤツヤした皮の照りが犯罪レベルで食欲をそそる。

私がカレーを運ぶと同時に、葉山さんがスプーンを手に取った。

「バターチキンカレー……いや違うな。とにかく、いただきます」

スプーンに山盛りのカレーが、口の中へと消えていく。その光景に、葉山さんもこんな大口を開けられるんだな、と変な感動が湧いてきた。

「甘、いや、あまからほろにがウマい。なんだこれは」

ひとまずウマいと言ってもらえたのでホッとした。私も一口食べてみる。

まず最初にやってくるのは、各種フルーツによるまったりとした甘さだ。それをスパイスが追いかけてきて、舌の上に緊張を残す。

二口目を食べる直前まで、一口目の余韻が鼻の奥に残っている――コーヒーやチョコレートの芳香によく似た、微かに焦げ感のある独特の香りだ。それが二口目に合流するから、どんどん複雑な味になっていく。

中央にのせた大きな手羽元は、蜂蜜《はちみつ》レモンでマリネしてあるので、スプーンでほぐせるほど柔らかい。もちろん超ジューシーだからカレーのルウともよく絡む。

葉山さんも黙々と、しかし幸せそうにカレーを食べていた。早くも完食間近だ。むしろ足りなかったかもしれない。

「ところで葉山さん、さっき何を言いかけたんですか」

「ああ……」口の中のカレーをゆっくり丁寧に噛みしめ、上品に飲み込んだ後に、

「あのノートにレシピが書かれているのは、まぎれもない事実だ。であれば、レシピのほうが間違っているのか、それとも前提となる『ウバラ氏についての情報』が間違っているのか、そのどちらかだろう。そう言いたかった」

「レシピのほうが間違っている、ですか」

「たとえば誰かが後から『S&B赤缶』と書き加えた、とかな」

「その可能性はあるんでしょうか」

私は食べる手を止めて、祖父のレシピノートをまた開く。筆跡は同じだし、鉛筆の濃さも同じに見える。やはり同日に書かれたとしか思えない。

「だいたいこの手紙の束、本来はウバラさんが持っているはずなんですよね。だってウバラさん宛てなんだから」

「それをきみのおじいさんが持っているということは、つまりウバラ氏の遺品として受け取り、所持していたと考えるのが妥当だろうな」

「だけど、それも変ですよ。ウバラさんが川に身を投げたとされるのは、終戦翌年、昭和二十一年のこと。やはりあのレシピを残せるはずがありません」

私たちの間に沈黙が落ちてきた。ものすごくもやもやしているけれど、さっきと同じで、それを口に出して語り合うのが難しい。

「ウバラさんの死亡時期が、昭和二十一年じゃなかったとか」

私の何気ない呟きに、葉山さんが顔を上げる。

「病院から失踪した後、本当はどこかでこっそり生きてたのでは。ちょっとしたイタズラ心からレシピノートを作って、おじいちゃんに送りつけてみたりして」

「なるほど。きみには作家の素質がある」

「それ褒めてませんよね」

話はいつまでもどこまでも堂々巡りを繰り返してしまう。らちがあかない。

「ところで、なんともいえない不思議なカレーだったが、隠し味はコーヒーか？」

「ふふふ」ついつい笑みが漏れてしまう。

「カレー魔人でも、この『子規カレー』の構成はわからなかったようですね」

「……子規カレーだと？」

葉山さんが、残り少なくなったカレー皿の中身をまじまじと見つめた。

「ホトトギスの肉でも入れたのか」

「発想が怖いです！」

作家って皆こうなのだろうか。

「そうじゃなくて、ココアですよ。ココアパウダーを入れたんです」

私の答えに納得いかないのか、葉山さんは首をひねる。

「ココアって子規の好物だったか？　随筆のどこにも『好き』って書いてあったような気がしないんだが」

「たしかに『墨汁一滴《ぼくじゅういってき》』や『病牀六尺』『松蘿玉液《しょうらぎょくえき》』といった著作のどこにも、『ココア好き』とは書かれていませんでした。だけど『仰臥漫録』には、毎日のようにココアを飲んだと記されています。後半ともなれば、『一日の牛乳三合必ずココアを交ぜる』ほどです」

カバンから、四冊の岩波文庫を取り出した。『仰臥漫録』を始めとする子規四大随筆と呼ばれるものだ。付箋だらけで見苦しいけど、テーブルの上に積んでみる。

「でも、ですよ。調べてみたら、国産ココアが発売されるのは大正時代のことでした。つまり子規が生きた明治時代には、高価な船来ココアしかなかったはず。……にもかかわらず毎日毎日飲んでいた——それはもう『ココア大好き』ってことですよね。そういうことで、ココアを入れてみました！」

立て板に水ならぬ、喉にココアを流し込むかのような私の解説を、葉山さんは目を丸くして聞いていた。

「というか、『仰臥漫録』読んだのか。絶版になって久しい『松蘿玉液』まで」

「近くの古本屋さんに行ってみたところ、すぐ見つかりました。子規について知りたいと言ったら、『飯待つ間』とかも教えてくれたので、いま読んでます。古本屋さんってすごいですね」

「……そうだな」

葉山さんは目を細め、なぜか嬉しそうな雰囲気だった。

私は『仰臥漫録』を手に取り、ぱらりと開く。

〈明治三十四年九月二日　雨　蒸暑《むしあつし》

庭前の景は棚に取付てぶら下《さが》りたるもの

夕顔二、三本瓢《ふくべ》二、三本糸瓜《へちま》四、五本……〉

そんな文章に、部屋から見える植物のスケッチを添えて、『仰臥漫録』は始まっている。朝昼晩そして間食に何を食べたか、体調はどうか、訪問者は……と細々した描写が続くのは、子規の繊細で神経質な部分の表れかもしれない。

「病人の日記なんて――って敬遠してたんです。でも読み終わってみたら、この本と子規に対するイメージが変わりました」

正岡子規という人は、きっと「自分が今生きている」という事実を確認するため、食事や包帯交換、便通の様子までをも詳しく日記につけたのだ。病状についてのゾッとするほど生々しい記述や弱音だってあるけれど、それ以上に強さが溢れ出てもいた。『仰臥漫録』は、まさしく子規の「生きたいと願った気持ち」の結晶なのだろう。

「だから、祖父も同じだったんじゃないかと思うんです」

「どういうことだ」

「祖父が手紙に食べ物の話題を書いて送ったのは、自分が生きていることを確認するため、という意味合いも強かったのではないでしょうか」

「なるほど。これらの手紙は、緒川宗輔氏にとっての『仰臥漫録』だったというわけか。それならば、ウバラ氏が亡くなられた後に、手紙を引き取って保管するのも理解できる。……しかし」

葉山さんがスプーンを置いた。お皿は空になっていた。

「それだと、他人の食日記である『仰臥漫録』を丸写しした事実と矛盾する」

「そうなんですよね」

「もう一度、最初から組み立て直していくか。カレーのスパイスで頭も冴《さ》えてくることだろうしな。——ああ、それから」

「はい？」

「ごちそうさま。美味しかった」

葉山さんが微笑んだ。

10

食器類を片付けて、私たちは再びカウンターに隣り合って座った。目の前には、例の手紙やノートを広げてある。正直いって、袋小路なうとしか思えない。けれど葉山さんの持つ、合理性と妄想力あふれる思考回路に、一縷《いちる》の望みを託していた。

その葉山さんは、さっきから手紙を読み返している。

「もっとも気になっていたのは、やはり『仰臥漫録』の丸写しをした理由だ」

「文通のネタに詰まるような関係ではなさそうですよね。干し柿とか代用醬油とか、いくらでも食日記は書けるでしょうし」

「……たとえば、食日記そのものが書けなくなった、という〝理由〟はどうだ？」

食事を用意してくれる使用人がいなくなって——等の意味だろうか。しかし仮にそうだとしても、祖父はそれさえ手紙に書くだろう。『ウバラ君、私の食欲に呆れて料理人が逃げ出してしまったよ!』とか。いや、もっと根本的な話かな。

「祖父が食事できなくなった、だから食日記も書けなくなった、ってことですか」

「恐らくは」いつになく葉山さんは慎重だ。

「宗輔氏に何かが起きて、食日記どころか文通を続けることが難しくなった。そのため、途中から美楠子氏がすべてを書くようになった。俺はそう考えている」

その発言にドキッとした。祖父に何かが起きた? 一体何が?

なんにせよ、私の祖母・ミーちゃんは、ウバラさんとの文通を続ける必要があった。ひょっとしたら祖父にそう頼まれていたのかもしれない。

ウバラさんを励ますため、強く明るく病にもめげない「緒川宗輔」という存在《シンボル》はどうしても必要だったのだろう。でも祖母には、脊椎カリエスの苦痛はわからない。病の話題なしでは文通が成立しなくなる。

「それで祖母は、同じ脊椎カリエスだった子規の日記を……?」

「あれは脊椎カリエスの苦しみだけではなく、包帯交換の頻度だの便通だのが生々しく書かれているからな。さぞ参考になったことだろう」

優しかった祖父と、見知らぬ祖母がふたりで乗り越えた苦難の日々を思うと、じわっと涙が滲みそうになった。

戦後すぐの、食糧も薬も満足に手に入らなかった時代。南房総にある山奥の屋敷で、一体どんな気持ちで過ごしていたのだろう。それはきっと、私には耐えることができない時間だ。絶望して死を選んだウバラさんの気持ちも、よくわかる。

いけない。また泣きたくなる。私は瞬《まばた》きを繰り返して、どうにか涙をごまかした。

「だけど、なんで祖母は『カレー三碗』を書かなかったんでしょうか」

葉山さんが指摘した謎。『仰臥漫録』にある『夕　ライスカレー三碗』の記述が、手紙のほうでは抜け落ちているというものだ。それがずっと気になっていた。

「たとえば俺がきみに『ここのカレーがとても好きだ、この店なしの人生なんて考えられない！』と散々伝えていたとして」

「うわぁカレー魔人め……って、ちょっと引きますね」

「黙って聞け。――そう伝えてあったにもかかわらず、ツイッター等で『脱稿のお祝いに、行きつけのカレー店《エチオピア》で担当編集者と乾杯しました！』などと書いていたら、不愉快にならないか？」

そういうことをツイートする葉山さんを想像したら、なんとなく気持ち悪かった。

「まあ、少しガッカリするかもしれません。あんなにうちの店が好きって言ってたのに嘘つきめ、という感じで。……ああ、そういうことなんですね」

ストンと腑に落ちるものがあった。私は手紙を何通か広げてみる。

『亦君の店で、美味なるカレエが食べられる日を楽しみに待って居るよ！』『いづれ元通りになつたら、真つ先に銀座の店へ食べに行くぞ！』……手紙には必ずと言っていいほど『君の店に行く』『カレエが食べたい』系の記述がある。

この「店」とは、銀座にあったはずの《カッコオ》を指すのだろうけど、祖父はウバラさんと約束していたのに違いない。――「君の店でカレエを食べる」と。それなのに『仰臥漫録』に従って「ライスカレー三碗」食べたなどと書いてしまったら、ウバラさんが気を悪くするかもしれない。

そう考えて、祖母はわざと「ライスカレー三碗」の記述を省いたのだろう。

「おばあちゃん、大変だっただろうな」

なんだかしんみりしてしまう。父親である関元さんも戦争から帰ってこないし、恐らく家のことは祖母が取り仕切っていたはずだ。そのうえ脊椎カリエスに苦しむ婚約者を看病して、ひとりで文通も請け負って……。

「――ん？」ふわりと疑問が浮上した。

「そういえば、脊椎カリエスって治るんですよね？」

聞いた途端、葉山さんがハッとした。

「脊椎カリエスは、子規の生きた明治時代には不治の病だった。あれは結核菌が骨などに感染して発病するわけだが、そのうち背骨が曲がったり、身体に穴が開くなどして、そのまま……」

たしかに『仰臥漫録』の中でも、〈腹部の穴を見て驚く……がらんどなり〉という記述があった。考えれば考えるほどに恐ろしい病である。

「だけど昭和になったら、薬や治療法も確立されたんでしょう?」

「特効薬のストレプトマイシンが発見されたのは、昭和十八年頃だ。しかし日本へは、戦後数年経ってから輸入が始まった」

「そうなると、祖父は自力で治したということになりますよね」

「脊椎カリエスまで進行してからの自然治癒など、聞いたことがない。そもそも宗輔氏が快復されたのならば、もう『仰臥漫録』を丸写しする必要もなくなるだろう」

そうだった。最後の手紙でさえ、完全なる丸写しで終わっているのだ。

椅子の背もたれに身体を預け、腕を組んだ葉山さんが、「もしかして」と呟く。

「『仰臥漫録』に頼り始めた頃、宗輔氏は亡くなられたんじゃないか?　だから美楠子氏は丸写しを続けた。そう考えると、パズルのピースがぴったりとはまる」

「あり得ません」

思わず笑いそうになってしまった。高性能な頭脳を持つカレー魔人といえども、ちょっと忘れっぽいところはあるようだ。

「葉山さん、宗輔って私の祖父ですよ。十年ぐらい前まで元気に生きてたんです」

「そうか……」

葉山さんの耳が、ほんのり赤くなっている。

「もしも祖父が戦後すぐに死んでいたら、私だって今ここに存在しな――」

不意に、チクッと違和感があった。意識の外側から誰かに爪を立てられたような、そんな感覚だ。どうして私は『ウバラさんが病院から姿を消した』という話を、今この瞬間、思い出しているんだろう。

「……あれ？」

何かがおかしい。どこかで重要な線がねじれている。背骨のすぐそばを、恐ろしく冷たい何かが這い上がってくるようだ。

「どうかしたのか」

葉山さんに答えるほどの余裕がない。

もつれる手でスマホをタップして、画像を表示させる。『冥途』に挟まっていたあの写真だ。中央で微笑む美少女が、私の祖母・美楠子。左右には背格好の似た青年二人――昭子さんによると、これは祖父・宗輔とウバラさんであるらしい。

私には、やはりどっちが誰かわからなかった。『優しくてふっくらしたほうが宗輔』と言われても、どちらもそういうふうに見えてくるのだ。

二人の風貌は、とてもよく似ている。

それに、最後の手紙はやはり奇妙だ。

祖母は入院中のウバラさんに対して、なぜ「お願いしたいことが」なんて書いたんだろう。焼け野原となった東京で、〝何を〟お願いしたんだろう。

「……まさか」

手が震えて、スマホを落とすところだった。すんでのところで掴み直したけど、指先の感覚が薄い。すべての意識と神経が、頭のただ一点に集中しているようだ。

「祖父は……やっぱり死んでしまっていたのでは」

力の抜けた呟きは、しばらく机上に漂っていた。

第4話　神の灯が照らす石油カレー

1

突拍子もない発言に、けれど葉山さんは笑うことなく、私をじっと見つめてきた。

「なぜそう思う」

「な、なぜって言われると……」

感覚では解っているのに、頭の外に出していくのが難しい。

「――そうだ、見てほしいものがあるんです！」

いきなり立ち上がった私は、飾り棚から『三四郎』を取ってきた。本体を函から出して、真ん中あたりでガバッと開く。そこには古びたレシートが挟まっていた。

およそ半年前、初めて読もうとした時に見つけたものだ。表には「10.21.15:08 コーヒー*2」と印字されているだけ。そして裏には――

「三さん
ごめんなさい。私は悪いストレイ・シープで、あなたの人生を奪ってしまった。
でもあなたがいてくれたから、今まで宝を守れました。
本当にどうもありがとう。　美」

「やっぱり、似てる」

レシートの裏の、流れるように美しい筆跡は、祖母が代筆した手紙の筆跡とそっくりだ。急にドキドキしてくる。

葉山さんの顔も、凍り付いていた。

「このレシートは……なんだ」

「最初は『三四郎』の模写かと思いました。どこかの場面を書き写したのかな、って」

「三四郎に対する美禰子のセリフということか？　バカを言うな、美禰子はこういう殊勝なセリフを吐く女ではない」

「ですよね。『三四郎』のどこにも、こんな場面は出てこなかった。じゃあこの『三さん』とか『美』って誰なんだろうと思ってたんですけど……これってもしかして、鵜原三津男に宛てて書かれた、緒川美楠子の言葉なのではないでしょうか」

私が言うと、葉山さんはメガネの向こうで微かにまつげを震わせた。

「それではまさか、この『人生を奪った』というのは」

「祖母はウバラさんにお願いをしたのだと思います。つまり、緒川宗輔として生きてくれないか、って」

2

「祖母がレシートの裏に重大な秘密を書き残した理由は、わかりません」

そして、なぜそんなものが母の形見の本に挟まっていたのか、も。

でもそれはひとまず置いておき、私は事実の整理を始める。きっとこの手順を踏めば、また何か新たな発見があるはずだ。

「まず、宗輔さんは、脊椎カリエスでした。当時は治療法もなかったので、恐らくそのまま亡くなってしまったのです……。だけど祖母にとっては、宗輔さんがいないと困る理由がありました。どうしても宗輔さんの代わりが必要だった」

スマホで表示したままの写真に目をやる。

宗輔さんとウバラさん、背格好の似た親友同士。

「祖母はウバラさんに〝代わり〟をお願いしたのでしょう。……結果、ウバラさんはこれを承諾。願いに応えるべく、病院から姿を消します」

お守りやお財布など私物がすべて残されていたらしい——と、馬留さんは語っていた。多分それも、自分を偽るためだろう。緒川宗輔として生きるには、過去を捨てなければならなかった。

「……とはいえ、ちょっとアレですよね。容姿は違うし、本物の宗輔さんを知っているひとたちにバレてしまわないんでしょうか」

「長い闘病生活を経て風貌や人格が変わるなんてことは、現代でもよくある話だ。もともと背格好が似ているなら、やりやすかっただろう」

「それともうひとつ、戸籍の問題ってどうなります？　宗輔さんの死亡届が出されていたら、いくらなんでも復活はできませんよね」

「東京は空襲でボロボロにされたばかりだった。もちろん公的機関もやられたから、かなりの数の書類が焼失したようだ……戸籍も含めてな」

なるほど。誰かと入れ替わるには、またとない状況だったわけだ。

けれど、ふとしたはずみにバレる可能性だって大いにあったはず。なぜ祖母は、そんな危険を冒してまで、『緒川宗輔』を生かそうとしたのか。

「ウバラさんのままではダメだったのでしょうか」

私が言うと、葉山さんは目を閉じ、考え込むように軽く天井を仰いだ。

「これは俺の妄想だが、『冥途』の遺言が関わっているように感じる」

『冥途』には、関元さんがひとり娘である〝お嬢さん〟――私の祖母に宛てて作成したとみられるメッセージが隠されていた。

「あの中に、『すべては託した』という一文があったのを覚えているか？　『託した』

とは精神的な意味に留まらず、物理的にもそうだったのかもしれない」

「物理的に、託す……？」

「関元氏は出征に際して、自分は戦地から戻ってこられないだろうと覚悟している。自身の亡き後、会社の後継者争いで娘が困らないよう、宗輔氏に家督を相続させた可能性がある」

家督とは、戦前の民法に存在していたシステムだ。家の〝主〟は、基本的にすべての権利を持ち、すべての義務をも負っていた。たとえ三人兄弟であっても、親の財産を相続できるのは、家督を継いだ長男だけ。そう葉山さんが教えてくれた。

「女性である美楠子氏が単独で相続するのは、とても難しい話だろうな。だから関元氏は出征が決まった段階で、娘の婚約者である宗輔氏に家督を相続させた。財産も会社もひとり娘も、すべて宗輔氏が守り抜いてくれるはずだった……」

「待って下さい。宗輔さんはその頃すでに脊椎カリエスで療養中です。重病人にそんな役目を負わせるなんて、ちょっとおかしくないですか」

「関元氏は、宗輔氏の快復を信じていたんだ。『冥途』の遺言にも、『必ずや快復する』とあったからな」

だけど現実は無情だった。戦争中から医療も栄養も足りていない状態で、宗輔さんの病状は一気に悪化したのに違いない。そしてとうとう、子規と同じように力尽きてしまった。

まさか祖父の形見として受け取ったノートや手紙から、こんな推理を導き出すことになるなんて――もちろん私は想像していなかったし、自分のアイデンティティが揺らぐような不安さえ感じていた。

「でも、これならば、ウバラさん宛ての手紙を祖父が持っていたことにも、説明がつきますね。私の祖父は緒川宗輔さんじゃなく、ウバラさんだった……」

様々なことに納得がいった。

子どもの頃、祖父が『秘密だ』と言いながら一度だけカレーを作ってくれたけど、あれも《カッコオ》での経験があったからこそ出来たこと。別人になりすまして生きてきても、やはり本来の自分は隠し通せるものではない。祖父……鵜原三津男さんは、自分の欠片を、こっそりと私に見せてくれたのだ。

ひょっとして、祖父の遺した『石油カレーとはどんな味がするんだろうね』という言葉にも、何か意味があったのだろうか。

「――とにかく、そうとわかればさっそく《メモワル》に電話です！」

「まあ落ち着け。今までの話は、証拠から導き出した推測だ。まだそうと決まったわけじゃないし、ノートの作成者がウバラ氏だと証明するのは難しい」

「うう……」

「きみのまわりに、おじいさんや昔のことについて知っていそうな人はいないか？　もっと話を聞いてみるべきだ」

「父しか思いつかないです。父に兄弟がいると聞いた覚えはあるんですけど、名前さえ知りませんし」

とりあえず父に連絡だけしてみようかな。私はチラリとスマホを見る。時刻は十時前。もう仕事に行ってしまっただろうけど、伝言だけ残しておこう。

あくびしながら帰り支度を始めた葉山さんをよそに、私は電話帳から父のアイコンを押す。『お客様のおかけになった電話番号は、現在、使われておりません——』

「えっ」

焦ってリダイヤルしたけれど、冷たい機械音声が流れてくるだけだった。

「どうかしたのか」

「い、いいえ、父の番号が変わってて……連絡つかなくて」

「きみに変更を伝え忘れているんだろうな。別にお父さんが消えていなくなったとか、そういうわけではないんだし、そこまで真っ青にならなくてもいいだろう」

「そう、ですよね」

「明日は日曜だし、実家に帰ってみればいい。お父さんも、きっと喜んでくれる」

葉山さんの言葉が、なぜか夢物語のように聞こえてならなかった。

そして、予感は当たった。実家《アパート》があった場所は、駐車場となっていたのだ。

十月最後の日、寒々しい曇り空の下──私の頭の中には「捨てられた」の五文字がぐるんぐるんと回っていた。

3

父に「捨てられた」ことがわかってからの私は、もはや抜け殻だった。大好きな祖父はとうに亡く、父からも一方的に縁を切られ、何によって自分が社会と繋がっているのかがわからない。

この世でたったひとりになってしまった。そんな悲しみは血管に乗って、頭からつま先までをも駆け巡る。毎時毎分、恐ろしいほどの孤独感が心臓を締め付けた。

何をする気力もわかないものの、店を閉め続けるわけにもいかない。家賃も光熱費も人件費もあるし。そういうわけで、喫茶ソウセキは、思ひ出カレーを提供休止にしたまま、ひとまず営業再開した。

お客さんの数は、〝炎上〟発覚当時と比べると、およそ半分といったところだ。ぎりぎりで赤字は脱している。それでも私の心が晴れることはない。むしろ以前よりもいっそう濃いモヤが、周囲を覆い尽くしていた。

まごうことなき〝迷へる子《ストレイ・シープ》〟。判断力はさらに落ち込み、凡ミスも増えた。バイトの宮城さんからも、「具合悪いなら無理しちゃダメっすよ」と心配される始末だ。

その日もどうにかこうにかディナータイムを乗り切ることができたけど、そこで限界だった。お客さんが途切れたのを見計らい、宮城さんには上がってもらう。

「お疲れーっす！」の声が消えるのを待って、私は厨房でしゃがみこんだ。

こんなことではダメだ。早く立ち上がれ。早く。

だけど立ち上がることはできなかった。状況がキツすぎる。

この先どうしたらいいんだろう。父の消息を知るには、探偵に依頼すればいいのだろうか。警察は事件性がないと門前払いされるって聞いたことがある。だいたい父は私に二度と会いたくないのだろうし、探したりしたらますます嫌われるのでは。

本当に、どうすれば――。

と、そのとき。誰かが入ってくる音がした。私ははじかれたように立ち上がる。ここで捜し物をしていたようなふりをして。

「すみませんが本日はもう終了いたしま……」

そのまま数秒間、がっちりと固まってしまう。

「こんばんはぁ、緒川店長」

そこにいたのは、真っ白いニットコートに身を包む若尾さんだった。

CLOSEのプレートをドアに掛け、私は店内に戻る。ほぼ半年ぶりの若尾さんは、居心地悪そうに身体を縮こまらせていた。

「とにかく、そちらにどうぞ」と促すと、若尾さんは「すみません……」と端っこのテーブルに着席した。

「五月にはバックレ的なことをしてしまって、本当にわたし、その」

「いえ、バイトをやめるって予告はいただいてましたから」

そこで急に思い出した。

「あ、そうか。やめるまでのお給料はちゃんと保管してありますので、今――」

取りに行こうとしたところ、若尾さんに袖を掴まれた。

「……そんなのどうでもいいんです」

うつむく若尾さんから、なぜか切羽詰まったような雰囲気を感じる。

何の目的で来たのだろう。バイト代を受け取りたいという理由ではなさそうだし、バックレを謝りに来ただけ……というわけでもなさそうだ。

まさか『三四郎』の件だろうか。たとえそうであっても、聞き方がわからない。『若尾さんは私の本を盗もうとしたんですか？』なんて絶対に言えない。

そんな葛藤を知ってか知らずか、

「お客さん、増えたんですねぇ。さっきから待ってたんですけど、なかなか入るタイミングなくて。ほんと良かったです」

若尾さんの言葉は、社交辞令ではないように感じた。それにしても、なんで泣きそうな顔をしているんだろう。

もう結果がどうなろうとも、ストレートに聞いてみるしかなさそうだ。私は自分の中の〝迷へる子《ストレイ・シープ》〟に後ろから蹴りを入れ、腹をくくった。

「あの、若尾さん！　このまえ……」

「あの、店長っ！　わたし――」

ハモった。

「すみません、店長からどうぞ」

「いえいえ、若尾さんから」

「え〜……」

若尾さんは指先をいじくりまわし、相変わらず目を合わせないまま、「ええと」「その」と繰り返す。「だって、どういうふうに伝えたらいいのかわからないんですよぅ。わたしが店長の従姉妹《いとこ》だってこと」

唐突に謎の単語が出てきたので、何度か「え？」と言ってしまった。

「イトコ、っておっしゃいましたか。若尾さんが……私の？」

「そうですよぉ。店長のイトコな感じです」

不安げに瞬きしてから、「あ、そうだ」とカバンをごそごそし始める。

取り出したのは学生証だ。『緒川冬子《とうこ》』とバッチリ印字されていた。

ぎ、偽名使ってたの⁉　動揺が収まらない中、口は勝手に動き出す。

「若尾さん――じゃなかった、冬子さんは、父の兄弟のお子さん……？」

「ですね。うちのパパは宏二《こうじ》といって、店長のお父さんの弟にあたります」

まじまじと冬子さんを見つめる。親族はもう誰もいないと思っていたのに、まさか従姉妹がいたなんて。その事実は涙腺を緩ませた。けれど一方で、

「大学の近くでバイトを探してたら、このお店がオープンする的なことを知ったんですよ。で、どうやら店長さんがわたしの従姉妹っぽいなと気付いて、わあ～と嬉しくなりまして」ニコニコと語る冬子さんに対して、何かしらの不自然さも感じていた。

この子は、なんで私が従姉妹だと判ったんだろう。

だいたい従姉妹だと判っていたなら、どうして教えてくれなかったのか。そして、なぜ偽名でバイトした？　何の目的で『三四郎』を持ち去ろうとした？

私の意識が、飾り棚の『三四郎』に向いた。それを冬子さんは察したようで、

「あの本、わたしが預かりましょうか」と切り出してきた。

「緒川のおじいちゃんちに戻してきてあげます」

恐らくは、南房総にある、祖父が暮らしていた屋敷を指すのだろう。

「もともと『三四郎』はそこにあったんですか？」

「え……ええ、まあ。おじいちゃんの本棚が空いたままなのも寂しいですし～」

冬子さんの眠たそうな瞳は、『三四郎』に釘付けだ。彼女には、どうあっても本を手に入れたい理由があるらしい。私は、膝の上で拳を握る。

「あれは母の形見なので、ずっと大事に持っているつもりです」

「……！」

冬子さんはびっくりしたように何度かまばたきを繰り返したけど、やがて口元をふんわり緩めた。「ですよねぇ……」

断ってくれてホッとした、とでも言いたげな顔だった。

「じゃあ、わたしはこれで」冬子さんがのろのろと立ち上がる。

「店長――じゃなかった、千晴《ちはる》さんも、もうおじいちゃんちに近付かないほうがいいですよ。どんなトラブルがあるか判りませんし……あの本はご自宅にでも隠して、何があっても知らぬ存ぜぬで生きていくのが一般的に賢い生き方だと思います」

「ちょっと待ってください、何か知ってるんですか」

私は身を乗り出すと、とっさにニットコートの袖を掴む。

「何か知ってるなら教えてください、もうわからないことだらけで困ってるんです」

「え、ええっと、でもそれは……そういうの話したらダメって言われてて」

おろおろする冬子さんに、私は切り札を叩きつける。

「新しく生まれ変わって大評判の漱石カレー、食べていってくれませんか」

「食べますっ！」三秒も持たずに陥落した。

気が変わらないうちにと、私は猛烈な速度で新漱石カレーを準備する。

「と言っても、わたしが知っていることなんて割と少なめで……だいたい相続したのは……ああ美味しそうっ」

新漱石カレーを前に、冬子さんは目をキラッキラと輝かせていた。

「さっそくいただきまーす。相続したのは千晴さんのお父さんなんだし、あっちにお話を聞いた方が早いっぽいというか……ああ美味しいっ！」

「父が相続って、ノートと手紙のことですよね」

「いえいえ。おじいちゃんち……千葉のお屋敷ですけど。え、まさかご存じないとか」

口をもぐもぐもぐさせる冬子さんは、

「あ、そっか、お父さんと仲がよろしくないんでしたねぇ」

その言葉が地味に胸をえぐった。

「千葉の山奥にあるお屋敷、おじいちゃんが死んじゃった後に千晴さんのお父さんが相続したんですよ。半年ぐらい前までは時々通われてたっぽいんですけど～……大掃除でもなさってたんですかね」

「さ、さあ」初耳のことだらけで、頭の整理が追いつかない。

「でも、このまえいきなり売りに出しちゃった感じで。うちのパパも頭が破裂しそうな勢いで怒ってまして」

「なぜですか」

「わたしのパパと千晴さんのお父さん、昔からクッソ仲悪いみたいで」

唇についたチャツネのかけらを指でぬぐい、冬子さんは大きなため息をついた。

――私の父・啓一と、冬子さんの父・宏二さんは、幼い頃から犬猿の仲だったらしい。些細な原因でのケンカが絶えず、二人とも常に傷だらけ。どれだけ祖父母が諌《いさ》めてもダメで、今でも互いに憎しみあっているのだそうだ。

「屋敷は啓一さんで、おじいちゃんの会社はわたしのパパが継いだんですけど、それが新たな火種というか、ダイナマイトにガソリン的な感じでして。おじいちゃんのお葬式の後、何年も裁判で争ってたんですよ～」

「あー……」

しっかり想像できてしまった。父・啓一はドケチなうえに強欲だ。『なんで僕が会社をもらえないんだ！』と怒ったのだろう。

「裁判で決着ついたのが一昨年《おととし》だったかな。その大絶賛炎上中の状態で、啓一さんが屋敷を売りに出しちゃったから、さらにパパが爆発しちゃいまして」

宏二さんの怒りは凄まじいものだったらしい。『あのクズ野郎、勝手に実家を売り払いやがって！　許さん、××してやる！』と喚《わめ》き、暴れ、自宅リビングの壁に穴を開けたという。

「でもまあ幸いというかなんというか、あのお屋敷、かなりすごいところにあるじゃないですか。周りに山しかないし。広いけど築九十年近いボロだし。なので、まだ買い手がついてないっぽいんです」

「それはよかったです！」

祖父のいた屋敷は、私にとっても大事な思い出がたくさん詰まった場所なのだ。人手に渡ってしまうのは、哀しい。

「冬子さんのお父さんも、あの屋敷に思い入れがあるんですよね。だったら父から買い取ってくれたりとか――」

「多分それがベスト的な選択でしたよね」

なぜか冬子さんの顔が曇った。

「そしたらわたしだって、こんなことしなくて済んだのに」

何か哀しいことでもあるのだろうか、冬子さんはスプーンを置いて唇を噛んだ。

「ごめんなさい、図々しいことを言ってしまって」

「いいえー、千晴さんのせいじゃないんです。これは全部、我が家の問題ですから」

しんどそうに深く息を吐いて、「ごちそうさまでした」と席を立つ。

「新漱石カレー、すーごく美味しかったです」

ぺこ、とお辞儀をした冬子さんは、ふと私の顔を見つめてきた。

「さっきも言いましたけど、もうおじいちゃんちには近付かないほうがいいです。『三四郎』は貸金庫にでも隠して、できればこのお店も移転するとか……。決して宝を探そうとか考えないでくださいね」

「……『宝』?」

まるで私への遺言みたいだ。その真意を問う前に、冬子さんは店を出る。半端に開いたドアから、肺を凍らせるように冷たい風が吹き込んできていた。

近付くなと言われても、屋敷を無視するわけにはいかない。むしろその存在を思い出させてくれてありがとうと言いたいぐらいだ。

『宝』の意味はわからないけど、祖父＝ウバラさん説を証明できる新たな根拠が出てくるとしたら、可能性が高いのは屋敷だ。なにしろ祖父母の暮らした場所である。

思ひ出カレー復活のためにも、そこは避けて通れない。

だけど、冬子さんはどうして屋敷に近付くなと言ったんだろう。それに『三四郎』を隠せ、というのもおかしな話だ。このふたつは結びついているのかもしれない。屋敷に行くことは決めても、そこから先がわからなかった。

私は一体、どうするべきなのか。

三十分ぐらい悩んだ挙げ句、葉山さんに連絡することにした。「すみませんが、千葉までご同行願えませんか」と。

4

見上げれば、灰白色の重たそうな空。その手前では枝葉が交差しまくって、クモの巣みたいに視界を遮る。風はなくとも、たまに葉っぱがひらりと落ちて、それを惜しむかのようにどこかで鳥がぴいと鳴いた。

目の前に建つのは、豪奢《ごうしゃ》な廃屋――もとい、かつて祖父母が暮らしたお屋敷。文学的な表現をすると、洋館と呼ぶのがふさわしい。戦前に建てられたという家屋は、建築シロートの私から見ても、当時の最先端を行くオシャレでモダンな造りだったんだろうと思える。

屋根は暗い赤色の、ごつごつした洋瓦。玄関ポーチを中心にして左右に棟が伸びており、一階二階のほとんどの部屋に大きくてゴージャスな窓がついている。このレトロな感じがウケたのか、ドラマのロケに使いたいという連絡がしょっちゅうあるのだと、生前の祖父はぼやいていた。

屋敷の前面には砂利《じゃり》敷きの車寄せがあるけれど、雑草で埋め尽くされていて、もはやどこまでが車寄せなのか見分けがつかない。屋敷の手入れをする人がいなくなって以降、周りの森が侵食してきているのだろう。あちらこちらに植えられた庭木も、生い茂りすぎて大変なことになっていた。

そんな屋敷の前で、不動産屋の営業担当者・北村《きたむら》さんが、満面の笑みを浮かべる。

「ではでは、ササッと鍵を開けた後、ソソッとブレーカーをあげまして、パパッと換気などもしてまいりますので！」磨き抜かれたピカピカの革靴で、躊躇うことなく落ち葉や泥や何かを踏み越え、屋敷へ突入していった。プロだ。

「奥様たちはそちらでお待ちくださいね」

陽気な声が、周囲の森に跳ね返る。私はそれを、石像のような心境で聞いていた。

「訂正するなら今のうちだと思うんです」

隣に立つ葉山さんが、コートのポケットに手を突っ込む。

「夫婦という設定でないと不自然だろう。売主の娘が、赤の他人を連れて内見に来たなんて、『これから何かやらかしますよ』という伏線にしか見えない」

「それはそうかもしれませんが……」

数日前、私は屋敷の調査を決めた。でも父に連絡もつかないし、かといって不法侵入はダメ。なので不動産屋にアポイントを取った。もちろん偽名を使い、屋敷の購入希望者を装っている。

そして今日。葉山さんとともに、待ち合わせ場所である館山《たてやま》駅に向かった結果。北村さんは開口一番「奥様とご主人様でいらっしゃいますね！」と誤解してくださったのだ。それ以降、駅から車で一時間半の道のりを、夫婦という設定で過ごしてきた。辛《つら》かった。正直辛かった。葉山さんは一瞬で寝ちゃうし。

屋敷からは、バン！ドン！と、衝撃音が小さく聞こえてくる。鎧戸《よろいど》を開け放っているらしい。それを後目《しりめ》に、葉山さんはどこかへ向かって歩き始めた。

「時間が掛かりそうだから、周りを見てくる」

大股でどんどん進んでしまうので、私も慌てて後を追う。

昔は手入れされていた前庭も、面影さえ残っていない。よくよく目をこらして、ようやく庭石の見分けに成功するぐらいだ。

葉山さんが、大木に手を添えて見上げている。

「これが手紙に書かれていた柿の木か。あっちはブナのようだが」とブツブツ言いながら、心底マイペースに屋敷の裏へと回っていった。

「葉や……トモキさん待ってください！」

半ば駆け足で向かうと、葉山さんは原っぱの真ん中で立ち尽くしていた。

そこだけ森が開けている。サッカーグラウンド二面分ぐらいの面積だろうか、六〇センチほどありそうな背の高い草が生い茂り、ときどき風が吹き抜けるたび、ざざっと波が立っていた。

「この場所は、なんだ」

「よくわかりません。小さい頃からこんな感じの場所でした。私は裏庭だと認識してたんですけど」

「花壇……いや、畑のようにも見えるな」

敷地の最果てには、何かの残骸らしきものが残っていた。空を刺すように突き立つそれは、かつては木製の柵だったのかもしれない。

「奥様！」と頭上から声が降ってきた。振り仰げば、二階裏側の窓から北村さんが手を振っている。頭やスーツが白っぽくなっているのは、埃のせいだろう。

「お待たせしました。室内をご案内いたしますので、表へどうぞ」

北村さんの笑顔は、最高に輝いていた。

覚悟はしていたけれど、屋敷の中は酷い――それはもうめちゃくちゃ酷い有り様だった。靴の跡がつくほど積もった埃、ホラー映画の背景みたいに垂れ下がりまくる巨大なクモの巣。肌にしみこむようなじめっとしたかび臭さ。向こうを走っていったのはネズミ？　玄関に入った瞬間、葉山さんがくしゃみを連発し始めた。

　私は呆然と立ち尽くす。なぜここまで荒れ果ててしまったんだろう。父が相続したらしいけど、父は何をして――いや、恐らく何もしなかったのだ。では屋敷《ここ》に通っていたのは、何が目的だったのか。

　北村さんは「汚いですよね、すみません」と爽やかに謝ってから、

「土足でどうぞ！」

　それは私にとって、思い出への冒瀆《ぼうとく》といってもいい行為だ。でも実際、靴を脱ぐのは危険かもしれない。どこに何が落ちているかわからないから。

「行こう」鼻をすすりながら、葉山さんが入っていく。

　私は再びクモの巣を見上げ、ネズミの仕業と思しき壁の穴に目をやった。ここはもう「大好きなおじいちゃんち」ではない。廃墟《はいきょ》のテーマパークに来たのだ。そう思わなければ、割り切ることなどできなかった。

　前を歩く北村さんは、身振り手振りを駆使して物件の解説を始めていた。

「こちらのお屋敷、昔は社長さんが暮らしていたとかで、オモムキありますよね。廊《そ》

下《こ》にも油絵ありますけど、有名画家の作品かもしれないですよ」

あれは生前の祖母が描いたらしいです、とは言えなかった。

北村さんの後について、居間へと進む。

「すみませんが、ここだけはなぜか電気がつかなかったんです。でもまあ、昼間なので雰囲気はばっちり把握できますから」

「広い……」葉山さんが呟く。この居間は、屋敷においてもっとも広い空間で、もらった間取り図には四十畳と記載がある。けれど、やはりここも朽ち果てていた。窓から入る薄く儚《はかな》い光の中、穴の開いたカーテンだのボロボロのソファを確認した途端、うっかり泣きそうになった。でも今は感傷に浸るときではない。

居間の奥のほうまで進んだ北村さんは、この暖炉はどうとかあのシャンデリアがどうとか、絶好調で解説している。

それにしても……このニオイは何？　ガソリンスタンドの前を通る時に感じるような、独特のイヤな臭いが漂っている。

「石油カレーって結局なんだったの？」

思わず、そんなことを連想していた。

「石油で煮込んだカレーってことかな。や、まさかね」

独り言のつもりだったのに、葉山さんが耳ざとく反応する。

「おぞましいカレーを作ろうとするな」

「しませんよ。祖父の言った『石油カレー』って、どういう意味だったのかなって考えてただけです」

「石油カレーか。たしか前にも話していたな。その言葉、どこかで見た覚えがある」

「えっ、〝見た〟ってどういうことですか」

「恐らく何かの本で読んだんだろう。しかし、きみはなぜ急に思い出した？」

「このお部屋、かすかに石油みたいなニオイがするからです」

葉山さんは不思議そうな顔をしている。きっと鼻づまりでわからないのだ。

それでも、軽く室内を見回して、ある一点を指さした。

「あれじゃないか？」

指が示すのは、窓近くに置かれた重厚そうなローテーブルだ。古びた本だの書類だのが山と積み上げられ、その横ではオイルランプが倒れていた。

「なんでこんなところにランプが」

近付いていくと、特有の刺激臭が強くなった。ランプから漏れた油が、周囲の紙類にしみこんでいるようだ。

「先ほど北村氏は、この部屋だけ電気がつかないと言っていた。それを不便に感じたきみのお父さん……啓一氏が、物置などから持ってきた、という可能性がある」

「きっとそうなんでしょうね」

積まれた本類を眺めていた葉山さんが、そのうちの一冊を手に取った。パラパラとページをめくり、

「これは宗輔氏が書いた日記のようだな。こっちには屋敷の上面図、床に落ちているのは付近の地図に見えるが……啓一氏は何かを探していたのか」

その言葉に、ドキッとした。先日冬子さんが言った『宝を探さないで』というのを思い出したからだ。

「あの、トモキさん――」

「いかがですか、このお屋敷」不意に北村さんが近付いてきた。

「広ーい居間《リビング》では、きっと想像以上の素晴らしい時間を過ごせますよ。現状は売主さまのモノがなんだかんだ残ってて、ちょっとごちゃごちゃしてますけど」

北村さんの後ろで、何かがキラリと光を放つ。ガラス製の置物だ。窓下の高さまで低い本棚が据え付けられていて、上には写真立てとか文鎮みたいなものがちょこちょこと飾られている。その中の一つに、ガラスで出来たイルカの置物があった。

高さは二〇センチ弱で、クリスタルのようにきらきらと輝く。それは昔、私が祖父に渡したものだった。

――まだ母が生きていた頃、家族三人で水族館に行ったことがある。その最初で最

後の機会に、祖父へのお土産として選んだのが、イルカの置物だった。祖父は、ひどく嬉しそうな顔で受け取ってくれた。今でもハッキリと思い出すことができる。

そういう大事な思い出も、この家と一緒にボロボロになって、そのうち瓦礫となって消えてしまう。考えたら悲しくて、居間から逃げ出したくなってしまった。

「お二階を見せていただいてもいいですか」

私の声は、ぎりぎりで、かすれるのを免れていた。

5

「この屋敷はお買い得だと思いますよ。リノベすれば見違えるでしょうね」

階段を上がる間も、北村さんは売り込みに余念がない。一方で私と葉山さんは、屋敷の観察に全力を注いでいた。

「奥様、ご覧下さい。お二階は合計八室もございまして、ちょうど右手側の奥のお部屋が寝室のような造りになって——あっ奥様どちらへ！」

階段を上がりきったところで、私はさりげなく離脱する。当然ながら、北村さんもすかさず追いかけてきた。

「すみません、逆側の端っこにあるお部屋が見てみたくて」

「なるほどですね。そちらは書斎になっておりますよ」

言われなくとも知っている。長くて広い廊下を、まるで埃の海を泳ぐかのように進んでいく。行き止まりに造られているのが、大好きな祖父の書斎だった。北村さんを待たずに、重たいドアを押し開ける。

一気にかびくさい臭いが押し寄せてきた。祖父が暮らしていた頃の空気なんか、もうこれっぽっちも残ってはいないのだ。

「あれ、意外と広くない」

祖父の書斎は、記憶よりもだいぶ小さく感じられた。

中央には木目の書斎机がドンと置かれ、そこに焦げ茶色をした革張りの椅子が寄り添っている。左手の壁は、全面が造り付けの本棚で、大量の本や写真や金属製の文鎮などが等間隔に並べられていた。

何もかも祖父が生きていた頃のままなのに、もう二度と祖父は戻らない……。

ベランダの向こうは裏庭のはずだけど、分厚いカーテンとガラスに張り付く汚れのおかげで、室内はどんよりと薄暗かった。

私がフラフラと本棚に歩み寄れば、「そちらの古書、いちおう屋敷の付属品となっておりますからね」と北村さんが慌てて言った。

「彼女は本が大好きなので、しばらくの間、見せてやってくれませんか」葉山さんのナイスフォローに、「なるほどですね」と北村さんが部屋を出て行った。

北村さんに「本を盗んだりはしません」とアピールするためにも、密室にしてはいけない。わずかな隙間を残してドアを閉め、私たちはさっそく本棚をあらためる。

視線の先には、上品な中年女性の写真があった。

「その写真、もしかして例の〝お嬢さん〟か」

「恐らくは」

会ったことのない祖母・美楠子は、菩薩のような笑みを浮かべている。この優しそうな人が本当に、婚約者の身代わりを頼んだのだろうか。

知ってはいけないことを探ろうとしているような、誰かのお墓を暴いているような、そんな罪悪感に胸が痛くなる。だけど、私は……。

「――すごいな」

熱のこもった葉山さんの声に、顔を上げる。

「見てみろ、漱石の初版がこんなにある。さすがに『猫』の菊判三冊は見当たらないが、それ以降はほとんど揃っているようだ。素晴らしい」

言われて、私も本棚を注視した。ここにある本を買い集めた人は「読めればいい」タイプだったようで、どの函や背表紙にもシミや汚れがたっぷりついていた。漱石らしき著作は『鶉籠《うずらかご》』『虞美人草《ぐびじんそう》』『草合』と並んでいるけれど、『文学評論』の隣に三センチ程の不自然な空間があって、また『それから』『四篇《しへん》』と続いている。

「この隙間って、もしかして」ひそひそ問いかけると、葉山さんはうなずいた。

「順番的に、『三四郎』の場所だと思う。厚みもピッタリだ」

ここにあった本を、なぜ母が持っていたのだろう。

本棚の下のほうには、正岡子規の著作がずらりと揃っていた。祖母はこれを基にして、手紙を代筆したらしい。

「こっちの棚には太宰、芥川、鷗外、そして藤村《とうそん》に鏡花《きょうか》か。関元氏か宗輔氏かウバラ氏か、誰かはわからないが、これを揃えた人物とは絶対に気が合う」。見たことないほど葉山さんは興奮していた。

私は廊下の様子を耳で探る。

「どうもどうもお世話になっております、ええハイ……ハイ、長須賀《ながすか》のマンションでしたら、まだ一室だけ空きがございますので――」

北村さんは客と電話をしているようで、こちらを気にする様子もない。

今がチャンスだ。

「葉山さん、こっちです」私は奥の棚の前でしゃがみこむ。

「昔、ここで見た記憶がありまして」

「何をだ」

「隠された本棚、です」

収められていた本をどんどん取り出して、床の上に積……もうとしたら、葉山さんが机の上に置いてくれた。それを数回繰り返した後、

「たぶんですけど、この奥にはまってる板が……あ、これだ」

背板を内側から持ち上げるようにして外してみる。すると、ドサドサと音を立てて、中から本が雪崩のように崩れてきた。

「これは」葉山さんが目を丸くする。

本棚の奥から出てきたのは、西洋ミステリの数々だった。アガサ・クリスティ、コナン・ドイル、ロナルド・ノックスなど、ざっと百冊はあるだろうか。恐らく他の本棚にも、同じようにして本が隠されているのに違いない。

「ずっと昔、私がアポなしで遊びに行った時、祖父がここにひざまずいていたんです。『何してるの』って聞いたら、すごく慌てて『本を片付けていたんだ』って、あの、聞いてますか葉山さん」

葉山さんは嬉々として、本の分類を始めていた。何かを探しているようだ。

「きみのおじいさんが西洋ミステリを隠していたのは、やはり〝鵜原三津男〟としての本来の趣味を捨て去ることができなかったからではと思う、が」

「何を探してるんですか」

「エラリー・クイーンの……ああ、やっぱりあった」

葉山さんは埃を軽くはたきながら、古ぼけた文庫本を手に取った。表紙には、『エラリー・クイーンの新冒険』とある。私が何を問うより早く、

「きみはおじいさんの口から『石油カレー』という言葉を聞いたんだったな」

「そうですよ。『石油カレーとはどんな味がするんだろうね』って」

「その言葉の意味が説明できそうだ」

「えっ⁉」思わず大声を出してしまって、私は慌てて口元を押さえた。廊下の北村さんに聞こえていなければいいけど。

「ど、どういうことですか」

「より正確に言うと、『石油の味がするカレー料理』になる。この本に収録の中編、『神の灯』に登場するものだ」

私は表紙をじっと見つめる。

「このエラリー・クイーンっていうのが主人公ですか？　女性？」

「耳にしたことぐらいあるだろう」

「全然」

「……近頃の若者はクイーンも知らないのか。仕方ない」

じじくさいことを言いつつ、覚悟を決めたように葉山さんが天井を仰いだ。

「エラリー・クイーンは、世界中に多くのファンをもつ、伝説的な推理作家だ。有名な『国別シリーズ』を始め、多数の作品を発表し、全盛期にはアガサ・クリスティと人気を二分していた」

『エラリー・クイーン』とはイトコ同士の二人による合同ペンネームだという。その大胆なトリックや奇想天外な発想に、影響を受けた日本の作家も多いらしい。

「たとえば江戸川乱歩《えどがわらんぽ》もそのひとりだな」

「乱歩って、『ふはははは、残念だったな明智《あけち》くん！』っていう話の作者でしたっけ」

「雑な覚え方だが、まあ間違ってはいない」

『神の灯』を読んだ江戸川乱歩は、その大がかりで斬新なトリックに衝撃を受けた。読書愛好家たちにクイーンの名を広めるべく、自分で翻訳したものを雑誌に連載したほか、『神の灯』から着想を得た推理小説をも発表したらしい。

「すごい作家さんだったんですね」徐々に興味が湧いてきてしまった。

「その『神の灯』って、どんなお話なんでしょうか」

葉山さんは、我が意を得たりとばかりに嬉しそうな顔をする。

「あるところに、探偵兼作家のエラリーという男がいた。この男はかなりの切れ者なので、次々と厄介な依頼が舞い込んでくるわけだが」――

ある日エラリーは、弁護士をしている友人・ソーンに頼まれて、アリスという女性の遺産相続を見届けることになった。

アリスとソーン、そしてアリスの叔父《おじ》・ライナッハとともに、エラリーは「黒い家」に向かう。そこはアリスの亡き父が暮らした家で、莫大な遺産が隠されているという。

しかし、エラリーたちが、黒い家の向かいに建つ「白い家」に泊まった翌朝、事件が起きる。黒い家が、跡形も無く消えてしまったのだ……。

「面白そうですね！」

葉山さんの話し方のせいか、とても興味をそそられる。

「で、家が消えちゃったのはなぜですか」

「ネタバレはしない主義だ」

明日にでも神保町の書店で、この本を探そうと決意した。

「——問題の『石油カレー』は、エラリーたちが白い家に泊まった晩に登場する」

エラリー一行をもてなしてくれたのは、黒い家を管理している一家だが、その日の夕食が〝カレー入りヒツジ肉〟だった。エラリーはカレー風味の料理も、ヒツジ肉も大嫌い。そのうえ食卓の石油ランプの燃え方が悪かったせいで、一口食べるごとに石油の味を感じてしまう。

そういう描写があるのだと、葉山さんは教えてくれた。

「なるほど、それが『石油カレー』になるんですね。……でも、どうして祖父は、その単語を口にしたんでしょう」

「ある程度ならば推測はできるが」

葉山さんは本を机に戻すと、埃がついた指でメガネのブリッジを押し上げた。

「実はエラリーが『石油カレー』に苦しめられた晩、とある人物が別人と入れ替わっていたんだ。しかし、誰も気付かない」

「ヒトが入れ替わる⁉」

宗輔さんとウバラさんのようではないか。驚く私に、葉山さんはうなずいた。

「そういうことだ。きみのおじいさんたちの関係と『神の灯』は、不思議と似ている。きみの実家もまた、消えてなくなってしまったことだし――すまない。失言だった」

「……大丈夫です」

「宗輔氏……いや、きみの本当のおじいさんであるウバラ氏は、『石油カレー』という言葉によって、自身の正体を教えようとしたのかもしれないな」

〝ホンモノ〟亡き後、緒川宗輔として偽りの人生を送ることになったウバラさん。料理や西洋ミステリへの愛もひた隠しにして、全力で「宗輔」を演じ続けた。その苦労は、いかほどのものだっただろう。死が迫っていることを悟り、誰かに真実を伝えたくなったとしても、おかしくない。というか、私だってそうすると思う。

私に手紙やノートを託してくれたのも、裏にはそんな思惑があったのかもしれない。

涙がグッとせり上がってきた。油断するとこの場で泣いてしまいそうだったから、私はあえて明るい声を出す。

「ところで葉山さん、さっきのアリスは遺産を相続できたんですか」

「ネタバレはしない主義だ」

「けちくさい……」

これ見よがしにため息をつき、棚の奥へと本を戻した。葉山さんも手伝ってくれて、ちょうど背板をはめ終わったところで、

「奥様、そろそろいかがでしょうか」待ちわびるような北村さんの声がした。

6

翌朝はきれいな快晴だった。ビルの隙間からのぞく青空が、いつもよりも薄い色に感じるのは、冬が近いのと昨晩の寝不足とどっちが原因なんだろう。

昨日は、あの後も屋敷を一通り見て回った。が、特にこれといって、祖父＝ウバラ

さん説を裏付けるようなものは出てきていない。

まだ説得力が足りない。だけどこれ以上どう探ればいいのか思いつかない。

ぼんやりした頭で、地下鉄・神保町駅から店までの道を歩く。

そういえば、今日はお母さんの誕生日だった。情けないことに、すっかり忘れていた。毎年、写真の前に自作ケーキを置いてお祝いしてたのに。

なんてダメな娘だろう。父に見捨てられるのも当然だ。

店へと続く最後の角を曲がったところで、店の前に誰かが立っているのが見えた。中肉中背の男性だ。お客さんにしては、ちょっと様子がおかしい。男性はスマホを片手に、店内をのぞきこんでいた。

時刻はまだ八時前、開店待ちにしても早すぎる。歩幅小さめでそろそろと近付いていくと、不意に男がこちらへ振り向いた。

「……え、お父さん？」

「あれ、なんで千晴が」

戸惑ったように片手を上げてから、父は「あれ？」ともう一度首を傾げた。

かつては年に二度ぐらいのペースで、父に連絡もしていた。お店を開くことも伝えたし、お母さんのお墓参りに誘ったこともある。けれどいつだって返事はなかったし、直接会うのは祖父の葬式以来だから、実に十年近くも間が空いたことになる。

ひとまず店内に招き入れ、カウンター席に座ってもらった。

コーヒーとピクルスを、父の前に出してみる。

「まだ仕込み前だから、こんなものしかなくて」

「……今日は財布持ってきてないんだ」

金を払うつもりはない、という意味だ。

「いいよ、家族からお金は取らない」私の言葉に、父がすぐさまカップを握った。

「外は寒かったから、ありがたいな」

父は昔からこういうヒトだった。白髪《しらが》が増えたし、口元のシワも少し深くなった気はするけど、彫りが深くてキツそうな顔立ちは相変わらずだ。

「しかしこの辺りはずいぶん変わったたね。全然わからなくて、同じところを何度もぐるぐる歩いたよ」

「連絡くれたら、駅まで迎えに行ったのに」

私はホッとしていた。きっと父は、私の店を見に来てくれたのだろう。

「すごく心配したんだよ。電話は繋がらないし、家は駐車場になってるし」

「そのことか」

父は節くれ立った長い指で、テーブルをトントン叩く。

「アパートは大家から立ち退《の》き通告があってね。前から壊したかったんだとさ。それでしぶしぶ引っ越した。忙しいのに荷物を整理したりで、本当イヤになったよ」

以前にいきなり祖父の遺品を送ってきたのは、引っ越しが理由だったらしい。荷物をまとめる際、ノートや手紙の存在を思い出したのだろう。

「……電話番号を変えたのは？」

「春先に壊れたから、安いやつに換えたんだ。千晴に番号伝えるの忘れてたな」

「忘れないでよ、びっくりしたんだから」

「ごめんごめん」そう言いつつ、父はカバンに手を入れて中をごそごそ探っている。

スマホを確認したいのだろうか。そう思って見ていると、カバンに押し込められたストールが目に留まる。深い赤色がベースのタータンチェック、かな。こういうハデで高価《たか》そうなもの、絶対身に着けないヒトだと思っていた。

　スマホをチラ見してから、父はピクルスをぽりぽり囓《かじ》る。

「おっ、うまいな。酸っぱすぎず爽やかで、オヤジが作ってたのとよく似てる」

　その一言で、私はにわかに緊張した。

「おじいちゃんって、どんなヒトだったの？　こういう料理、してたんだね」

「オヤジねえ。まあなんていうか、昔の男だよ。『男子厨房に入るべからず』ってのがモットーで、すべてお手伝いさんに任せてたから、レンチンさえできなかった。でも酒のつまみが欲しかったのか、こういうのだけは時々作ってたな」

「どこで習ったとか、聞いてない？」たとえば銀座の洋食店とか。けれど期待に反して、父は「オヤジと仲良くなかったからね」と笑うだけだった。

例のレシピノートを意識せずにはいられない。さっき出したピクルスも、あのノートを基に再現したものだ。父に直接聞いてみようか。祖父の入れ替わりの可能性を。でも、今までこうして向き合うことがほとんど無かったから、どう話せばよいのか――それ以前に、話してよいものかどうかわからない。

どうしよう、もう父のカップが空になる。帰ってしまう。焦る私を知ってか知らずか、父は「ところでさ」とスマホの画面を見せてきた。周辺の地図が表示されている。

「ここの近くに《古書の店・たごころ》ってなかったっけ」

「多分この建物の二階か三階に入ってると思うけど、どうしたの？」

「千晴のお母さんと出会ったのがその店なんだ。昔はモルタルのぼろっちい建物でさ」

初めて聞く話だ。父は目尻を下げて語り出す。

「千晴ぐらいの年の頃、僕も結構やんちゃだったんだよね。屋敷から金目のモノを持ち出しては、小遣いに換えたりして。で、オヤジと派手にケンカした日、オヤジの書斎《や》から、大事そうな本を一冊持ち出してみたわけさ」

我が父ながら、強烈すぎるエピソードだ。

「ほ、本当に売り飛ばす気なんてなかったんでしょ？」

「いいや」笑顔でさらりと否定された。

「本気で売るつもりだったとも。いいカネになると思ったし、オヤジへの復讐にもなるからね。足がつかないようわざわざ神保町まで出てきてさ、駅から遠く離れた、客の少なそうな店を探してね」

それが先ほど言っていた《古書の店・たごころ》というわけか。

「そこで働いていたのが、千晴のお母さんだった。どこのアイドルかと思うほど、とびっきり可愛くてさ。天に昇るような気持ちで本の査定をお願いしたね」

初めて聞く両親のなれそめに動揺しすぎて、コーヒーを注ぐ手がぶれてしまう。

「お母さんはね、『明治時代の初版なんて初めて見ました』って驚いてたよ」

「明治の初版……それってまさか」

私は急いで飾り棚から『三四郎』を取ってきて、父に見せた。

「この本のことかな」

「お、それだよ。その変な函入りの本。内容には興味ないけど、高いんだろう？」

「そう、かもね」

「でもお母さんは中をパラパラ見てから、突き返してきたんだ。『買い取れません、ご家族の大切なものでしょうから』ってさ。なんでそう思ったかはわからないけど、売りに来た理由を見透かされた気がして、諦めたんだよ」

しかし母に一目惚れした父は、古書を愛する母を振り向かせたい一心で、祖父所蔵の稀覯本《レア》をだしにしてデートに誘った。何度断られても粘り強く求婚し続け、ついに結婚までこぎ着けたのだという。

「まさかお母さんと出会った場所で、娘の千晴がカレー屋をやっているとはね。神様なんて信じないけど、運命の神様だけはいるのかもしれない」

「うちはカレー屋じゃないけど」

「この店を検索したら、カレーのクチコミしか出てこなかったよ」

言い返せなくなった。悔しい。

「とにかく。それじゃあ『三四郎』をお母さんが持ってたのは――」

「結婚する時、オヤジにワケを話して譲ってもらったんだ。何しろ僕らが出会ったきっかけの本だし、本を初めて見た時の母さんは目がキラキラしてたからさ。で、婚約指輪代わりにあげたわけ。すごい喜んでたけど、すぐタンスの奥にしまってたな」

母は気付いていたのだろう。『三四郎』に挟まっていたレシートの重要性に。

「あの……お父さん。ちょっと見てもらいたいものがあって」

今が最初で最後のチャンスだと悟った。私は『三四郎』の本からレシートを取り出す。「これ、誰の字かわかる？」

「三さん

ごめんなさい。私は悪いストレイ・シープで、あなたの人生を奪ってしまった。

でもあなたがいてくれたから、今まで宝を守れました。

本当にどうもありがとう。　美」

「んん？」父がポケットからメガネを……いや違う、老眼鏡を取り出した。

「――おふくろの字だね。そういや入院中に本を読んでたけど、その時かな」

「やっぱりおばあちゃんの……」私の呟きに、父は「あれ？」と反応した。

「千晴はおふくろのこと知ってたっけ」

「ええと、このレシート古そうだし」

レシートを裏返せば、日付が出てくる。再び父が老眼鏡をかけた。

「十月二十一日っていうと、おふくろが死ぬ直前だ。入院先の病院に喫茶室があったから、そこに行ってオヤジと話してたんじゃないか」

「ここに書かれてる言葉の意味、お父さんはわかったりする？」

恐る恐る問うけれど、父は「さっぱりだ」と首を振った。

「おふくろも、軽くぼけてたのかね」

私はレシートを元の場所に戻しながら、祖母の気持ちを追いかけた。

祖母は、死を前に、きちんと言葉で謝りたかったのだ。祖父――ウバラさんの人生を奪ったことを。だけど喫茶室ではどうしても切り出せなかったのに違いない。それで手紙か何かにしたためることにして、ひとまずレシートの裏に下書きをした。きっと近いうちに清書するつもりでいたはずだ。だけど残念なことに、そのヒマもなく、『三四郎』に挟んだまま急逝してしまった……。

レシートの裏に書いた理由も、これが病院で書かれたものだという背景を知れば、だいたいわかってくる。もしも故人の病室で、書きかけの便箋がゴミ箱から見つかれば、かなり気になるはずだ。だけどレシートではそうなりにくい。どこにあっても違和感がなくて、すぐ捨てられて、誰も気に留めない。それがレシートの特徴だから。

祖父もレシートの存在には気付いていなかっただろう。そうして結果的に、『三四郎』はめぐりめぐって私の手元まで来てしまった。

「しかし、まーた『宝』の話か。おふくろも好きだね」父の呆れ笑いに、ドキッとした。私はさりげなく問いかける。

「『宝』って、何のことなの」

「ガキの頃から、『宝』を守れってしつこく言われてたんだよ。なんだっけなあ、たしか『皆が豊かに暮らすための』とかなんとか」

「そ、それで？」

「オヤジが死んで、あのボロ屋敷を相続したから、敷地内は一通り探してみたんだけどね。オヤジの日記やら古い帳簿も引っ張り出してさ」

屋敷の居間で見たあの光景は、やはり父の仕業だったのか。

「でも、それっぽいものは何も出てこなかった。屋根裏や床下も収穫ナシ。まあおふくろの言う『宝』ってのはさ、絆とか笑顔とか、そういうフワフワした概念だったんだろう。そういやオヤジも言ってたな。『わかる者にしかわからない』って」

「そう、だったんだ」

「まったくの骨折り損だね。あんなもの真面目に探すほうがバカだ」父は時計を見ながら、コーヒーカップを空にした。

「さてと、そろそろ出勤するかな。今日はゆっくり話せてよかったよ」

もう父は行ってしまう。次に会えるのはいつになるかわからない。私はとっさに、レシピノートを手に持った。祖父の正体について、やっぱり意見を聞いてみたい。

「あ、あの、お父さん、おじいちゃんって」

「あのさ、千晴。おまえ実は」

同じタイミングで声が出た。お互い少し黙ってから、父が「いや、その」と鼻をかく。「そんなにたいした話じゃないんだけどね」

珍しく、父は言葉を探しているようだった。三分ぐらい視線をさまよわせた後、

「千晴が独りで店を切り盛りしてることが、誇らしいよ」

と、困ったような笑顔で言った。

「今日はごちそうさま。おいしかった」

父はコートを羽織ると、カバンを肩に引っかけて店を出た。

「待って！」私は後を追いかける。

けれどドアを開けると、すぐそこに父の背中があった。

「……お父さん、どうしたの？」

父が見つめていたのは――エンブレム付きの真っ黒い外車だ。道路の向かい側に停まっている。

ほどなくして、車から中年男性が降りてきた。父と同年代だろうか、真っ黒いスーツが突き出たお腹をカバーしている。目の下に濃いクマをもつその男性は、ギラギラした殺気を放っていた。

「イヤな偶然だ」父が心底うんざりしたように呟く。

男性は、なぜだか私のほうに歩み寄ってきた。

「おい、そこのおまえ。屋敷に行ったらしいが、何を見つけた」

「ええと……」

そもそも、これは誰だろう。なんで祖父の屋敷のことを知っている？

どう答えればいいかわからないでいると、男性はイライラしたように「さっさと答えろ」と繰り返す。不毛なやりとりに、父が割って入ってきた。

「答えなくていいぞ千晴。バカに付き合うとバカ菌がうつる」

「なんだと！」

「こいつは昔からそうだった。いつも妄想してばっかりなんだよ。そのせいで僕がどれだけ迷惑かけられてきたことか」

その言葉で、ようやく悟った。目の前の中年男性は、父の弟の宏二さんだ。私の叔父で、祖父の会社を継いだという人。

父と宏二さんの間には、激しい火花が飛び散っていた。

「クズ兄貴に言われたかないね。だいたいオレはあんたのせいでいつも――」

「おまえは昔から被害妄想が強かったけど、未だに直っていないとは残念だ」

「それはこっちのセリフだ、嘘つきめ」

「嘘つきはどっちかな。外面だけいいアホのくせして。現におまえがアホなせいで、オヤジの会社も倒産寸前じゃないか」

宏二さんの顔が青くなり、直後、カーッと真っ赤になった。

「オレのせいじゃない！」

それを父はあざ笑う。

「いいや、おまえのせいだよ。知ってるぞ、無茶なコストカットと人員削減で工場がうまくまわらなくなったんだ。だから虫が混じったんだろう」

「やめろ、違うッ、あれは現場が、工場長が勝手に」

「会社の株価、今いくらだっけ。年度内にはおしまいだな。残念無念、オヤジも草葉の陰で泣いてるよ」

「この野郎！」ついに宏二さんが父に掴みかかった。が、道を行く人々がケンカを撮影しようとスマホを取り出したのに気付き、慌てて服から手を放す。

「……なんでオヤジはこんなドクズに屋敷をくれてやったんだ。オレに相続させれば売り払ったりしなかったのに」

「まーだありもしない『宝』を信じてるのか。教えてやっただろ、そんなものどこにもなかったって」父の顔は見えないけれど、うっすら笑っているのはわかった。

「そうだ宏二、ひとつだけ伝えておく。屋敷に無断侵入を繰り返してるようだけどね、万が一『宝』とやらが実体を伴って存在していたとしても、おまえなんかにはチリひとつ渡さないから」

父の声はキンキンに冷え切っており、同時にとても楽しそうだった。

「ふっ、ざ、けるなッ」ついに宏二さんが叫んだ。卑怯《ひきょう》者だのなんだの、あらん限りの罵倒が耳を突き刺す。だけど父は「うるさいね」と顔をしかめるだけなので、宏二さんはますます激怒した。騒ぎを見に来た人の数が、どんどん増えていく。

　これはまずい。宏二さんに殴られるのを覚悟で、止めに入ろうかと思った時、

「何の騒ぎだ」背後から、極めて不機嫌な声がした。

　振り返ると、やはり葉山さんがそこにいた。この喧嘩で眠りを妨害されたらしく、般若《はんにゃ》のごとき形相だ。半眼で髪もボサボサだし、間違っても作家の葉山トモキだと気付く人はいないだろう。

　葉山さんは父と宏二さんを無遠慮に一瞥《いちべつ》して、

「どちら様ですか。うちの前でこれ以上大声を――」

「なあ、あんたもそう思うだろう⁉」

　宏二さんが血走った目で葉山さんに詰め寄った。ワケがわからず苛立ったのか、葉山さんの声がさらに低くなっていく。

「何のことですか」

「あのクズ兄貴だよ、あんなのが『宝』を手に入れるなんて許されるわけがない！　とにかくいつだってクズ中のクズだった。オヤジの財布から金を抜くわ、骨董《こっとう》品を売り飛ばすわ……困難から逃げ続けてきた卑怯者の分際で、だ。……そう、おまえたちは卑怯なんだよ」

荒い呼吸を繰り返して、宏二さんが再び私を睨む。「そこのおまえもだ！」

私は父の〝悪事〟の片棒を担いだ覚えはない。断じてない。けれど宏二さんからは強い敵意しか感じなかった。

「おまえだってクズ兄貴に騙《だま》されて……」

「その辺でやめておけ、宏二。千晴は関係ないよ」肩をすくめ、父が私を庇《かば》うように立った。スマホを取り出し、そのカメラを宏二さんに向ける。

「これ以上やるなら、すべてをネットに公開する。『倒産寸前のＳＦＴ株式会社、社長がみっともなく誹謗中傷を繰り返す！』ってタイトルつけてな」

「この……！」

ギリギリと音が聞こえてきそうなほどに強く歯を噛みしめていたけれど、やがて宏二さんは、「会議に遅れる」と捨て台詞とともに踵《きびす》を返した。外車に乗り込み、乱暴にドアを閉め、二度と振り向くことなく走り去っていく。

それを見届けた父は「見世物はオシマイですよ」と野次馬たちに声をかけた。

「いくつになっても迷惑なヤツだ」ブツブツ呟く父の横顔から、私は目が離せなかった。父が私を守ってくれた。その驚きが、体中を温かく満たしていく。

だけど父の顔には、どこか愁いが残っていた。

「たしかに嘘つきってのは当たってるよ。今も嘘をついてるし、『千晴が泣くから』

って、物語を改変するよう母さんを説き伏せた覚えもあるからね」

「それまさか、『吾輩は猫である』とか『三四郎』のこと？」

「うーん、そうだったかな。結末にモヤモヤしたのは覚えてるけど……だって子どもには楽しいお話だけを聞かせたいだろう」

ずっと、母が嘘をついたのだと思っていた。春に原著を読んだとき、その内容と自分の記憶があまりに違ったから混乱もした。だけど今、その思い出に、新たな意味がもたらされた。

私は何か言いたかったけど、言えなかった。言葉がひっきりなしに浮かんできて、収拾が付かないのだ。

父はカバンからストールを取り出すと、不思議なほど丁寧な仕草で、首にぐるぐると巻き付けた。それから、「じゃあね」と振り返らずに歩いていく。

私は、またしても言葉をのみこんだ。ストールが、驚くほど父に似合っていたから。オシャレすることにはこれっぽっちも興味がないはずのヒトなのに——。

それでようやくわかった。そういうことだったんだ。冷たい晩秋の風が、びゅうと頬を叩いていく。

今の父には、好きな女性がいるのに違いない。らしくないストールは、きっと彼女から贈られたもの。今日この場所に来たのは、娘《わたし》に会いに来たわけじゃない。母との思い出を清算するつもりだったのだ。だからこそ、私の姿を見て驚いたのだろう。ガッカリしてない、といえば嘘になる。

けれど母を亡くして以来、今日ほど長く喋ったこともない。それに、宏二さんの理不尽かつ意味不明な攻撃から守ってくれたあの姿は、きっと一生忘れないと思う。

「一体なんだったんだ……」斜め後ろで葉山さんがぼやく。

「ずいぶんと強烈な人たちだったな。すっかり目が覚めてしまった」

大あくびをしながら、葉山さんが階段へ向かう。その背中に「踏み外さないよう気をつけてくださいね」と声を掛けて、私は再び、父の去ったほうへ目をやった。

いつか父にも、思ひ出カレーを食べてもらえたらいいな。その時には、もっと色々な話ができるかもしれない。そういう夢のような日々が、手の届く距離に感じられて、私は浮き足だって店へ戻った。

父の連絡先を聞き忘れたことに気付くのは、その五分後のことだった。

7

「じゃ、お先失礼しまー……うわっ、ちょー寒いっすよ」

通用口から一歩踏み出した宮城さんが、楽しそうに悲鳴を上げた。

「冬、ガチ冬っ！」柴犬のようなニコニコ顔で、宮城さんは帰っていく。それを見届けて、小さくため息をついた。

宏二さんと遭遇してから、一週間。今日もモヤモヤを抱えたまま、店の立て看板を中に運び入れる。看板は冷え切っていて、触れたところから寒さの波が押し寄せてきた。はあ、と吐き出す息も白く、けれど一瞬で空に吸い込まれて消える。

すべての作業を終わらせた私は、一枚の紙とテープを手にして再び店外へ。それをドアに貼り出す勇気がない。しばらくその場に立ち尽くす。

私は本当に、貼ってしまっていいんだろうか。貼り出したが最後、世界が変容するような気がした。

「今日は店じまいが早いな」

いきなりの声に振り向くと、残念そうな顔の葉山さんが立っていた。左手には、いつも通りに分厚い本を抱えている。

なんとなく気まずくて、私は貼り紙を後ろ手に隠した。

「早くはないですよ。閉店時刻過ぎてますから」

「えっ？」

「え？」

葉山さんが気まずそうに目をそらす。「どうりで人通りが少なすぎると思った」

おおかた時刻を間違えていたのだろう。曇ったメガネで私をチラリと見て、

「きみは、またおじいさんの屋敷へ行くんだな」

「……よくわかりましたね」

観念して、葉山さんに貼り紙を見せた。「今月○日　臨時休業いたします」とだけ書いた、シンプルなものだ。だけど、

「迷ってます。屋敷へ行ったら、今度こそ私は墓暴きをしてしまいそうで」

祖父母が隠し通そうとした秘密。それは守り抜かれるべきだと思う。

それでも私は思ひ出カレーを提供したい。だけどそういう身勝手な理由のために、祖父母の気持ちを踏みにじってもいいのか……わからない。

「あの……」葉山さんに意見を求めようとしたら、ぐう、と深い音がした。たぶん葉山さんのお腹だった。

「とりあえず、あっちのコーヒー店で状況を整理しないか。そこそこ美味いカレーサンドも食べられる」

行くぞ、と返事を待たずに歩き出してしまう。

「待って下さい、まだ閉店作業が残ってるんですよ。それにカレーライスじゃなくていいんですか？」

「カレーの名店が閉まっているので、仕方ない」

「名店と言われるのは光栄ですけど、うちはカレー屋じゃありませんってば」

脱力と同時に、まとわりつく重たい霧が、ほんの少しだけ晴れたように感じる。

「十分で店を閉めますので、先に行ってて下さい！」


「まず事実関係をまとめておこう」カレーサンドを片手に葉山さんが言う。

平行四辺形のオシャレな皿からは、すでにピクルスやポテトサラダが消えている。ミルクたっぷりのコーヒーも、残り少なくなっていた。私はその斜め向かいの席にカフェオレを置いて、「実は」と切り出した。

先日店の前で喧嘩をしていたのは、私の父と、その弟・宏二さんであること。二人は犬猿の仲で、父は屋敷を、そして宏二さんは会社を継いだこと。宏二さんは「宝」を探しているらしいこと――。

「あの時きみのお父さんは、〝SFT株式会社〟と言っていたな。あれは〝セキモト・フード・トレーディング〟のことで間違いないだろう」

すかさず葉山さんがスマホを取り出す。

「会社について軽く調べてみたが、たしかに相当危ない状況だ。昨冬の異物混入が原因で株価は下がりっぱなし、主力商品は返品の嵐。その対応も失敗続きなうえ、真っ黒い内部告発もあって大炎上。このままでは、半年ももたないはずだ」

喋りながら、サンドイッチを豪快にかじる。断面から、シャキシャキのレタスや白いチーズ、そして黄土色のカレーペーストがでろりとなだれ落ちようとしていた。

「だからこそ宏二氏は、どうにか『宝』を手に入れて、会社を立て直そうと考えているんじゃないか？」

言われてみると、宏二さんの行動に説明がつく。このまえ押しかけてきたのも偶然ではなくて、私から直に「宝」の情報を引き出そうとしたのか。

「でも葉山さん、私たち特に何も見つけてないですよね。書斎に隠されてた西洋ミステリが『宝』ってこともないでしょうし」

「……廊下の油絵は」

「祖母の作だと聞いたことがあります」

「だろうな。もしも油絵が『宝』ならば、きみのお父さんがさっさと持ち出しているだろうし、宏二氏もわざわざきみに尋ねたりはしないはずだ」

同じ理屈で、書斎の古書も『宝』ではない。なぜなら不動産屋も『古書は屋敷の備品』と言っていた。つまり父は、古書も含めた価格で、屋敷を売りに出している。

「お金になりそうなものなんて他に見当たらなかったですよね。やっぱり父の言うとおり、概念的な何かを『宝』と呼んでいるだけなのかもしれません」

「いや」葉山さんが静かに言った。

「俺は『宝』が物理的に存在していると思ってる」

「えっ⁉」

「考えてもみろ。きみの祖母である美楠子氏も、わざわざ『あなたのおかげで宝を守れた』と書き遺している。つまり婚約者の身代わりを立てたことさえ、『宝』を守るための行動だったと受け取れはしないか」

「た、たしかに！」

葉山さんの説明を聞けば聞くほど、屋敷に行ってはいけない気がした。葉山さんもまた、「そうなると、ますます危険だな」と険しい顔をする。

宏二さんは、現状かなり追い詰められている。会社を救うため、『宝』を手に入れるため、何をするかわからない。もしもまた遭遇してしまったら……考えただけで冷や汗が出た。それに冬子さんも言っていた。屋敷に近付かないほうがいい、と。

「……私は」

どうするべきなんでしょうか。そう問おうとして、口をつぐんだ。葉山さんに聞くことじゃない。自分で決めなくてはいけないことだ。でも、迷う。悩む。どうしても決心がつかない。手の中のマグカップは、すっかり冷たくなっていた。

「葉山さんだったら、どうしますか。こういうとき、もし私と同じ状況で同じ立場におかれたら」

言ってから、自分が情けなくなった。結局私は、他人に決断を委ねたいのだ。

葉山さんは少しの間、じっと私を見つめてから、「屋敷に行く」と言い切った。

「もう少しで解けそうな紐を、そのままにしておくのは気分が悪い。たとえ紐がちぎれようが、俺は行動してから後悔したい」

「そう、ですよね」

この瞬間、心が決まった。私も、このモヤモヤ感を——出口の見えない霧の中にいるような状況を終わらせたい。それに『三四郎』のことも気になっていた。

あれは母の形見ではあるけれど、もとは関元家のものだったようだ。ならばやはり、書斎に並べておくのが自然だろう。『三四郎』によって始まった事件は、『三四郎』を戻すことで終わらせたい。そんな気持ちもあった。

「決めました。私、行ってこようと思います」

「俺も行こう」

「いえ、そこまでお世話になるわけには」

「ひとりで行っても、不動産屋をまくことは不可能だ。俺が囮《おとり》になるから、その隙にきみはウバラ氏が存在した証拠や『宝』を探しに行けばいい」

「葉山さん……」ものすごく心苦しい一方で、その申し出はありがたくもあった。

「ありがとうございます」

「気にするな」

葉山さんはサンドイッチの残りを一気に頬張った。もしゃもしゃと咀嚼《そしゃく》してから、

「新作のカレーを楽しみにしている」

それから間もなく、私たちはコーヒー店を後にした。葉山さんは「気をつけて帰れ」と振り向きもせずに言って、コートのポケットに手を突っ込んだまま歩き出した。

私はしばらく葉山さんの背中を見つめていたけれど、やがて終電が近いことに気付き、背中を丸めて駅への道を急ぐ。

葉山さんにお礼をしなければいけない。やっぱり新作カレーを作るのが一番喜んでもらえそうだ。どんなカレーにしよう……石油カレーって不可能かな。とにかくエラリー・クイーンも読んでみないと。『神の灯』はすぐ手に入るのだろうか。

そこら中に潜む不安を直視しないよう、精一杯、物語のことを考えて歩いた。

8

祖父母の暮らしたお屋敷は、今日もまた、初冬の山中にひっそりたたずんでいた。

辺りは不気味なほど静かで、たまにミシミシと響くのは、木々が風に揺さぶられる音

だろう。葉を落とした樹木たちが、何かの墓標のように感じられてしまう。

そういえば、このあたりで雪を見た覚えがない。山の上なのに東京よりも暖かく感じるのは、単に心理的なものだけではなさそうだ。

私はコートの前をぎゅっと握りつつ、不動産屋の真っ白い車から降りる。今回もまた、案内は北村さんだ。北村さんは車中でマシンガンのように喋り続けていたけれど、その内容は鷹《たか》の爪ひとかけらほども覚えていない。頭の中は、祖父……いや、緒川宗輔さんと鵜原三津男さんのことでいっぱいだった。

「奥様もどうぞ！」玄関前で、北村さんが声を張り上げる。葉山さんはすでに中へ入ったようだ。——私も行こう。すべての疑問に、答えを出すのだ。


前回同様、内見は居間からスタートした。半月前に来た時よりも多少キレイに見えるのは、きっと慣れたせいだろう。相変わらずクモの巣が照明器具からぶら下がり、床には前回の足跡がくっきりと残っていた。

笑顔の北村さんが、「冬の眺めも最高ですよ」と、一気にカーテンを開け放つ。途端に差し込む日光が、ガラスのオブジェをキラキラと際立たせ、その影を廊下側の壁まで延ばした。濃い青空に枯れ木のコントラストは、作り物のようで白々しい。

「ご覧下さい。都会にいては味わえない清らかな空気に、春になれば緑あふれる素晴らしい景色が……」

北村さんは居間をぐるぐる歩きながら、「あの暖炉はドイツからの輸入品でして」、「そちらの照明器具はフランスの」とせわしなく解説を続けた。いかにこの屋敷がお買い得か、というアピールだ。

それを華麗に聞き流す葉山さんは、「まるで挑戦状だ」と呟いた。

「え、なんですか？」

「〝読者への挑戦状〟、知らないか？」

葉山さんはメガネをかけ直し、北村さんの解説を邪魔しない程度の声で話を始めた。

「きみのおじいさんが語った『石油カレー』が、エラリー・クイーンの作品由来だということは前に説明したな。クイーンの著作には、他に『国名シリーズ』というものもあるんだ」

――『国名シリーズ』は、クイーン名義で書かれた最初の長編推理小説で、推理パートと解決パートに分かれていることが特徴だという。

解決パートに移る前に、「推理に必要な証拠は全て出揃った。読者諸君、エラリーがどんな結論を導き出すか当ててみたまえ」……と、読者に対する挑戦状が挿入されるらしい。

「いわゆるメタ視点だな。当時の読者たちは、おおいに盛り上がったことだろう」

主人公のエラリーが知っているのは、作中で明かされた情報だけ。つまり読者と同じ条件というわけだ。そのうえで読者も犯人を推理し、解決パートで答え合わせを行う。これは現代でもベーシックな読み方だろうけど、特にネットがなかった時代において、犯人を自力で当てることは、大きなエンターテインメントだったのだ。

「現在の状況は……不謹慎ではあるが、子孫《きみたち》への挑戦状のように感じられる」

葉山さんの言葉に、私も少し考える。

だから祖父は、自分のノートや手紙を私宛てに送るよう手配したのだろうか。これを手がかりに謎を解いてみろ、と。

「そろそろ始めましょうか」

「では、打ち合わせ通りにいこう」

気をつけろ、と私の肩を軽く叩いてから、葉山さんが北村さんのほうへ歩み寄る。

「とても素晴らしいお部屋で、ホームパーティにうってつけですね。ところで、浴室やキッチンはどんな感じでしたっけ。そちらも見せていただきたいのですが」

「ええ、もちろんですとも。こちらへどうぞ」

嬉々として歩き出す北村さん。しかし居間を出ようとする私に気付いて、声をかけてきた。「奥様はどちらへ？」

「裏のお庭を見てこようかなって」とっさに笑顔を作り、早足でそこを出た。目指すは祖父の書斎だ。そろりそろりと階段を上り、廊下を半ば駆け足で移動する。途中、窓の下に黒い影が見えた気がした。車だ。私たちの乗ってきた車、あんな場所に停めたっけ。違和感はあったものの、特に深くは考えなかった。

二階の西端にあるその部屋は、どこよりも静かで厳かな空気に満ちていた。

「おじいちゃん、また来たよ」

呟きながら、作り付けの本棚に抱きつくように寄りかかる。目に見えて埃の層が舞い上がり、乾いた匂いが肺を埋めていった。

これでおしまい。たとえ祖父の正体がわからなくても、宝が見つからなくても、屋敷にくるのは最後だという確信めいた予感があった。

私はカバンから『三四郎』を取り出した。漱石自らが考案したという、美しい函をそうっと撫でる。この本のおかげで、様々な出会いを経験できた。お父さんにも守ってもらえて、自分がひとりぼっちではないことを知った。だからもう、大丈夫。

「さようなら、お母さん」

『三四郎』を元の場所に収めようとしたその時、遠くから誰かが走ってくるのに気がついた。葉山さんでは、ない。

振り返った直後、

「千晴さんっ！」部屋に飛び込んできたのは冬子さんだ。肩を上下させ、哀しそうな目で私を見つめる。

「なんで来ちゃったんですかぁ、ダメって言ったのに」

「ま、待って、冬子さんがどうしてここに」

「とにかく早く逃げてください、わたし千晴さんに傷ついてほしくないっていうか」

「それはどういう……」言いながら、思い出す。

さきほど見かけた黒い車、あれは宏二さんの外車だ。

身体から熱が引く。とっさに逃げだそうとしたけれど、時すでにかなり遅し。

開いたままの扉から、スーツ姿の中年男性がゆらりと姿を現した。

「やはり来ていたな」

血走った目には、父に向けていたのよりも遥《はる》かに強い敵意の炎が、ゴウゴウと燃えさかっていた。

9

「パパぁ」冬子さんが泣きそうな顔になる。そんな娘に目もくれず、宏二さんは私の持つ『三四郎』だけを睨みつけていた。

「それを渡してもらおうか。宝の隠し場所が書かれているんだろう」

「そんなのどこにも無かったですよ」

私は『三四郎』をしっかり抱きしめる。宏二さんに渡したが最後、酷い扱いを受けてボロボロになってしまうのは間違いないだろう。

「おい冬子、そいつから本を取り上げろ」顔も見ずに、宏二さんが言い放つ。

「い……いやだよ。できない」

冬子さんは私と宏二さんの間で、ぐっと唇を噛みしめた。

「だって千晴さんはパパが言ってたような悪いヒトじゃなかった。もうわたし、こんなことしたくない。従姉妹と普通に仲良くしたいの」

しかし宏二さんは、「役立たずめ」と冷たい目で睨むだけだ。

「そもそもあの時、おまえが本を持ち出していたら、面倒な事にならなかったんだ」

途端に、五月の出来事がフラッシュバックした。冬子さんは、バイトをやめたいと言った日の夜、店から『三四郎』を持ち出そうとした。

あれは宏二さんの指示だったのか。そんなに前から目をつけられていたなんて。

恐らくは、冬子さんがアルバイトに応募してきたのも、宏二さんの命令なのだ。兄の娘——私の身辺を探り、『宝』に関する情報を持ち出してこい、と。

宏二さんは「このバカ娘が」などと冬子さんを罵り続ける。恐らく日頃からこういう親子関係なのだろう。冬子さんは完全に萎縮し、青い顔でうつむいていた。

「本をよこせ」

宏二さんは一瞬たりとも、『三四郎』から目を離さなかった。

「今から二十五年前、クズ兄貴がそれを勝手に持ち出したときから、ずっとずっと恨んできた」

「二十五年？　そんなに昔から、どうして」

「わからないのか、それはお袋が死ぬ直前まで持っていた本だぞ。『宝』についての情報を書き遺したはずだろうが」

「ですから、無かったですよ。そんなもの、どこにも」

「あるはずだ。絶対にな。兄貴《クズ》はそれを知っていたからこそ、盗んでいったんだ」

憎悪の塊となった宏二さんには、私の言葉なんか聞こえていない。いくら本当のことを話したところで、わかり合える日など来ないだろう。

「オレは不幸だった。兄貴の尻拭いばかりさせられて、いつもどん底の状態で苦しんできた。――だが、それも今日でおしまいだ。ここで『宝』を手に入れて、オレは勝者となる。おまえにも兄貴にも渡すものか」

宏二さんが一歩を踏み出し、手のひらを私に突き出した。

「さあ、その『宝』をさっさとよこせ」

異様な迫力に、息をのんで後ずさる。どうしよう、このままでは本当に刺されたりしそうだ。冬子さんも泣くだけで援護はしてくれなさそうだし……。

逃げる隙をうかがうけれど、ここから廊下を目指したところで宏二さんに捕まるのがオチだろう。でも逃げなければ全てを失ってしまう。

だけど今の話には、何かおかしなところがある……ような気がした。

「あの、すみませんが」恐れながら、切り出してみる。

「宏二おじさんは、何か勘違いされているのかもしれません。父を恨む出来事があったとしても、それが二十五年前だとすると、この『三四郎』は関係ないのです」

「……は？」

「あ、いえ、あの」

ドスのきいた低音に怯んで、謝りそうになってしまった。けれどハッキリさせておいたほうがいい。私は勇気を奮い起こし、震えそうな膝に喝を入れる。

「父が『三四郎』をこの部屋から持ち出したのは、私の母と出会った頃のことです。つまり私が生まれる前の話というわけで……私はもうすぐ二十七才になりますから、宏二おじさんのおっしゃる年数では計算が合いません」

宏二二十五年前なら両親も結婚しているし、私は二才ぐらいになっている。

「ですから宏二おじさんがおっしゃっているのは、別の本だと思います。おばあちゃんは病室に沢山の本を持ち込んでいたと聞きましたし――」

「おばあちゃん、だと？　まったく図々しい」

「す、すみません」なんとなく床を見つめてしまう。そうだよね。会ったこともない存在なのに。

けれど宏二さんは、

「二十五年で間違いない」そうハッキリと言い切った。窓から差し込む細長くて白い光が、顔の左半分を影に落とし込んでいる。

「間違いないって、それはどういう」

私が問うのと同時に、冬子さんが「パパ、やめて！」と叫ぶ。けれど宏二さんは私を見据えたまま、こう言った。

「兄貴がその本を持ち出したのは、二十五年前で間違いない。なにしろおまえには、緒川家の血など流れていないんだからな」

「えっ……？」

「まだわからないのか、おまえはあの女の連れ子だよ」

急に全ての音が遠くなっていく。

つれご……連れ子。私と父は、親子じゃない？　いやそんなはずがない。私たちは三人家族で、父と母と……暮らして……いて……。

唇も舌も眼球さえもカサカサに乾いていくのを感じる。内側から、すべてのぬくもりが消え失せていく。

けれど頭のどこかで「ほら、やっぱり」ともうひとりの私が囁いた。父との間に大きな溝を感じるのも当たり前。だって親子じゃないんだから。父から放置されてきたのも当たり前。だって血の繋がりがないんだから。

吐きそうだ。苦しくてたまらない。私というすべてを否定されたようだった。

「だけど」苦しい気持ちのまま、無理矢理コトバを絞り出す。

「それでも、この本は渡せません」

「まだ逆らうのか」

宏二さんが一歩を踏み出す。

直後、異様な光景を目にした。宏二さんの足下、床の板材の隙間から、白い糸のような何かが立ち上っていたのだ。

「そこ、なんだか煙みたいなものが見え――」

けれど私の指摘は、宏二さんの怒りに火を注ぐだけだった。

「ごまかして逃げるつもりだな、このクズめ」

「違うよパパ、本当に何か変な……」

冬子さんも異変を察したようだけど、そちらには見向きもせず、宏二さんが迫ってくる。「本を渡せッ!」

私はとっさに身体を引いたけれど、腕を掴まれてしまった。無理矢理『三四郎』を奪う気だ。想像以上の強い力に、骨がきしむようだ。

「放してください!」

必死に振り払おうとしても、力ではかなわない。圧倒的に不利だった。

「オレだってこんなことしたくないんだ! でも会社を救うためには、これしか」

「パパやめて、ダメだよ、お願い!」

間に入ろうとした冬子さんを、宏二さんは躊躇せずに突き飛ばす。可憐《かれん》な身体が床に倒れ込んでいった。

「冬子さん!」

しかし彼女のおかげで拘束が緩んだ。身体をねじって宏二さんから逃れ、

「こ、来ないでくださいっ」——手当たり次第に置物を投げつける。そのうち、首筋を汗がつたい落ちてきた。妙な熱さを感じる。部屋が……暑い?

だが、反撃の手を止めるわけにはいかない。私はひたすらモノを投げ続けた。

金属製のブックスタンド、分厚いファイル、陶器の花瓶、ライター、置き時計……どれかが宏二さんの肩に当たり、ゴッ、と鈍い音を立てて床に転がった。

「このッ」宏二さんから殺意さえ感じた。叫び声を上げながら、私めがけて突進して

くる。勝機なんか、見えない。

その時だった。

左手の壁が突然崩れ落ち、黒煙と激しい炎が書斎に侵入する。バチバチと音を立て燃えさかる炎は、床や壁にもその舌を一気に延ばしていった。

「は……？」

私と冬子さん、それに宏二さんは、呆然とそれを見つめる。なにがなんだかわからない。汗と冷や汗が同時に噴き出て、気付いたら床にへたりこんでいた。

「かか、火事っ！」冬子さんの悲鳴で、ようやく私たちの呪縛が解ける。

「な、なんだこれは――またあのクズが邪魔して……うわあああ！」

宏二さんは何事かを喚き、もつれる足で廊下へ逃げ出す。冬子さんもまた、「救急車、いや警察的な⁉」と混乱しながらその後を追った。

「あ……」

私は動けないままでいた。崩れた壁の向こう側は、すでに炎の海原《うなばら》だ。ゆらめく空気の中、床には火炎の亀裂が走り、飾られていた額縁が火に溶けながら落ちていく。

もうダメなんだとわかった。逃げる力も、気力もない。

心のどこかで、祖父――血の繋がりはないけど――の部屋で死ぬのならば、それもいいかなと思った。散々探し求めて、悩んで迷って選んだ結末がこれだというのなら、受け入れよう。煙に咳《せ》き込んではいても、心の中はクリアだった。

でも、

「生きているか、カレー屋の緒川！」

充満する熱と煙の中、すごい剣幕で走りこんでくる人がいた。葉山さんだ。

「火事だぞ！」

「カレー屋ではありませんが、火事は実感しています」

「なら、早くこっちに来い」葉山さんの顔には煤がついている。私の顔も真っ黒だろうなあと思ったら、笑いそうになった。

「もういいかな、って思うんです。私、結局ひとりぼっちでしたから」

「なんだと」

「大事な人はみんな死んでしまったし、大好きなおじいちゃんの部屋が燃えるのも悲しいし。だっておじいちゃんやお母さんが愛したモノまで消えてなくなったら、私はどうやって生きてけばいいのかわからない。だったら私も一緒に――」

葉山さんが急に真顔に戻り、スッと息を吸い込んだ。

そして叫んだ――「バカか！」

「このバカ、バカバカ！　バーーーカ!!」

「そ、そこまで言」

「生きてるきみが死んだものに囚われていては、助からない！　いいから外へ出て風を入れるぞ。反省の言葉は後で聞く」

「それ、『三四郎』の……！」

春に読み直して以来、胸に刻み込まれているコトバだった。與次郎が三四郎を叱咤《しった》したときのセリフだ。まさか葉山さんの口から聞くとは思わなかった。

祖父から父、父から母へ渡り、そして私がもらった『三四郎』が、今度は私を救ってくれようとしている。そのことに気付いて、涙が溢れるのを感じた。

「行くぞ」葉山さんに手を掴まれ、立ち上がることを強要される。

廊下は火の海なのに、今さらどこへ――と思いきや、葉山さんが向かったのは窓だった。私に問うヒマを与えず、全力で窓をこじ開ける。

「え、あの、葉」

「飛べ」とだけ言って、葉山さんは窓枠に足をかける。そのまま間髪入れずに、地面へ向かって飛び降りてしまった。煙でよく見えないけど、「安心しろ、下は雑草の山だ」とだけは聞こえてきた。相変わらずの即断即決……。

「……と、飛ぶの？」

背後からは髪を焦がすような凄まじい熱が迫ってきている。恐ろしいけど行くしかない。おじいちゃん、お母さん、お父さん、それに三四郎と與次郎と猫、私を守って！　めいっぱい歯を食いしばり、『三四郎』を抱きしめる。

そして私も、窓枠を蹴った。

10

屋敷は、すでに大部分が炎に包まれていた。頭から靴まで全身に枯れ草をくっつけたまま、私は呆然とそれを見上げる。

向こうでは、冬子さんが背中を丸めて泣きじゃくっている。横には、煤だらけの宏二さん。その場にへたりこみ、ぽかんと口を開け、舞い散る火の粉を見つめていた。

不動産屋の北村さんはというと、落ち着きなく歩きまわりながら、どこかへ電話をかけている。たぶん会社に連絡しているんだろう。

「誰も怪我しなくて良かったです」

煙でがらがらする声で言うと、葉山さんは「まったくだな」とため息をついた。

「俺と北村氏が一階を見終わり、そろそろ二階に移動しようか、と居間の前を通った時、窓辺で何かが燃えていることに気がついた」

もちろん北村さんが消火を試みたらしい。けれど火は瞬く間に燃え広がり、カーテンから天井に延焼。それを見て、葉山さんは二階へ走ったのだという。

「恐ろしい速さで火が回るのはわかった。戦前に建てられた木造建築だからな……耐火基準も何もあったものではないが」

「でも居間から出火って不思議ですね。火元になるような石油ストーブとか、コンロの類いもありませんでしたし」

「火種を作ったのはガラスの置物だろうな。それによって古書類が発火した」

昔、私が祖父にあげた、あのイルカのオブジェのことだろうか。

「どうして置物なんかで火事が」問うと、葉山さんが腕組みをして空を仰ぐ。

「太陽光がガラスの置物を通過する際に収斂《しゅうれん》して、その先に運悪く古書の山があった……ということだと思う」

さらに運の悪いことに、古書は油を吸っていた。日光の熱で発火してから、大きな火となるまでに、それほど時間はかからない。これを「収斂火災」といって、冬場はときたま起こるらしい。

「あのイルカは前回来た時からずっとそこにありますよね。なんで今日に限って、火事が起きてしまったのでしょうか」

「落葉の影響と、それから太陽の高度も関連しているはずだ」

葉山さんは、屋敷の前庭――柿やブナなどの樹木を見つめた。すっかり葉が落ちてしまって寂しい限りだ。

「きみは覚えているか。前回ここへ来た時には、まだ葉が茂っていた。それに今日よりも太陽の位置が高かった」

冬になって太陽の高度が下がると、屋内のより深くまで光が差し込むようになる。木々から葉が落ち、もはや遮るものもない状況で。

そして日光はイルカのオブジェで収斂し、ついには発火してしまったのだ。

「じゃあ、もしも居間のカーテンを開けていなければ」

「火災にはならなかった、かもしれない」

再び、大炎上する屋敷を見上げる。窓は割れ、その奥で真っ赤な炎が踊っていた。

「関元氏やきみの祖父母が守ろうとした『宝』も、燃えてしまうな」

「……そのことなんですけど」〝きみの祖父母〟というのを訂正しようと思った。けれど、どう言えばいいのかわからない。言っていいのかさえも悩んでしまう。

「ああもう、また〝迷へる子《ストレイ・シープ》〟になってる」

つい呟いたのを、葉山さんが聞いていた。

「どうした？」

「恥ずかしながら、私は悩んで迷って決められないことばかりなんです。たとえ運良く決断できたとしても、その結果はいつも絶対に間違ってた。まさに迷子になった羊が、崖への道を走り出すように。だから」

こんなことを誰かに打ち明ける日が来ようとは。情けなくて涙が出そうだ。

黙って聞いてくれていた葉山さんが、不意にこちらへ振り返る。

「きみは間違わなかった」その煤だらけの顔が、なぜかひどく優しく見えた。

「本棚に潰されかけたバカな作家を救おうと、決断してあそこまで来てくれた」

「あれはたまたま……いいえ、迷わなかったのってあの時だけですから」

「しかし迷うことができるのは、一種の才能だ。俺にはなかなかできない」

「才能、ですか？」

「漱石も言っている。〝牛のようにおなりなさい〟と」

それは晩年の漱石が、芥川龍之介ら門弟に向けて書いた手紙だという。

〈無暗《むやみ》にあせつては不可《いけ》ません。たゞ牛のやうに図々しく進んで行くのが大事です。〉

人間は結果を求めてしまう生き物だ。深く考えず、馬のように駆け足で先に進みたがる。だが本当に大事なのは、悩み、考え、決して焦らず、牛のようにじっくりと歩いていくことだ。漱石は若者たちに、そんなことを伝えたらしい。

……私はこのままでいいということ？

今までずっと、喫茶ソウセキを開いたこと自体、間違いのような気がしていた。でも悩みながらも店を続ける中で、色々な人と知り合って、何より父と話す機会もできた。それこそは、店がなければ決して叶わなかったことだろう。

また涙がこみ上げてくる。胸に抱いた『三四郎』が、変に暖かく感じられた。

「葉山さん、ありがとうございます。帰ったら、お礼に石油カレーを試作――」

言いかけたところで、何かの匂いに気がついた。この場にはそぐわない、深くて懐かしくて甘い香り……。脳裏にパンケーキのイメージがふわっと浮かぶ。

鼻に意識を集中させる。葉山さんも気付いたようで、

「なんだ、この腹が減る匂いは」

「気付きましたか」私は慎重に匂いの発生源を辿っていく。

屋敷に沿って半周し、ついには裏手の畑らしき場所に行き着いた。火の粉が飛んだのか、屋敷に近いところが畳数枚分ぐらい燃えている。火の近くまで行ってみると、途端に匂いが濃くなった。「これ、まさか」

すぐそこに生えている枯れ草から、莢《さや》をちぎってみる。中から出てきた、コロンとした豆のようなそれは――

「葉山さん、フェヌグリークですよ！」

すぐ後ろをついてきていた葉山さんも、意外そうな顔をした。

「カレーに使うスパイスだったたな。こんな香りがするのか」

「フェヌグリークを焙《あぶ》ると、メープルシロップのような甘い香りになるんです。でも、ここのはものすごく濃厚……いい匂い」

いつも使う外国産とは比べものにならないふくよかな香りに、頭がクラクラしそうだった。「これ、新種かもしれません」

葉山さんが辺りを見回す。「この一帯に生えているすべてがフェヌグリークだとしたら、売れるほどの量があるかもしれない」

「まさか、カレー粉の材料として使うってことですか」

畑らしき範囲をざっくり目で確認した。たしかに、これだけあれば可能かもしれない。カレー粉に多く含まれるのはクミンやターメリックで、フェヌグリークが占める割合などほんのわずかだ。そのうえ、ここのフェヌグリークは香りが濃いので、使う量も少なくて済むだろう。そういえば関元さん——おばあちゃんのお父さんに当たる人は、D&Pカレエパウダアを製造販売していたのだ。

「『宝』とは、つまり、このフェヌグリークのことじゃないか？」

「……あ！」

フェヌグリークは漢方薬の材料でもあるけれど、南国からの輸入ばかりで、日本で栽培されることは無かったようだ。そしてこの土地は、暖かくて雪も滅多に降らない。関元さんも、ここならばフェヌグリークが育つことに気付き、農園を作るついでに別荘を建てたのかもしれない……。

「どうりで、お父さんたちがいくら探しても見つからないわけですよね」

炎の花を散らすフェヌグリークは、幻想的でさえあった。

「神の灯、か」唐突に、葉山さんがそう言った。

「クイーンの作品において事件解決の手がかりとなったのは、神の灯——すなわち太陽だった。今日だって、仮に収斂火災が起きなければ、この『宝』はいつまでも気付かれなかったことだろう」

言ってから、「すまない、またデリカシーに欠けていた」と肩を落とす。それがしょぼくれた大型犬のようだから、思わず笑いそうになってしまった。が、そんなこと本人には言えないので、さっさと話題を逸らすことにする。

「でもエラリー君って万能すぎて、ちょっと鼻につくところありませんか。私も『新冒険』読みましたけど、欠点が『カレーが苦手』くらいしかないでしょう」

「読んだのか。絶版で手に入れにくかっただろう」

「それが、ちょっと前に新訳で出たんですよ。面白かったです」

私たちの間を一筋の風が駆け抜けて、火の粉を西へと押し流していった。

「ならば後期のシリーズも読んでみるといい。だんだん悩む場面が増えていって、完壁超人ではなくなるからな。俺のおすすめは——」

遠くから、サイレンの音が聞こえてくる。
長い長い初冬の一日が、やっと終わろうとしていた。

エピローグ

関元邸は、夕暮れを待たずに焼け落ちて消えた。

事情聴取だの現場検証だの何かと大変だったけど、やはり収斂火災ということで片付いたらしい。私と葉山さんへのお咎《とが》めは何も無かった。

父についてはよくわからない。連絡先も聞いてないし、私も忙しい日々が続いて、そこまで気が回らなかったというのもある。

「それで、そのあとがローマ字でオガワ、ぜろ、いち、いち、さん……そうです、合ってます。ではご連絡お待ちしてますね」

軽く一礼してから通話を切った。少しして、予定通りにスマホが震える。《メモワル》の馬留さんからメッセージが着信したのだ。

『そうしんできていますか』ばっちりです、と返信する。

——先日、私は馬留さんと会い、祖父がウバラさんである可能性を説明してきた。丁寧にお話をした結果、共感してもらえたようだ。思ひ出カレーの提供にもOKが出たし、今後は二冊のノートを参考にコラボメニューを作ることになっている。

だけど話し合いの度に行き来していては時間がかかるから、できるだけメッセージアプリでやりとりを……という経緯で、馬留さんにアカウントを教えたのだ。ちなみに馬留さんは先月スマホデビューしたらしい。なんにせよ、上手くいくといい。

スマホをスリープさせようとして、ふと画像フォルダに目がいった。ここには昨日、梅屋航平さんから届いた写真が保存されている。『ばーちゃんと墓参りいってきましたー！』という一言つきだ。

梅屋昭子さんには、〝お嬢さん〟が私の祖母であったことを伝えている。いや正確には血の繋がりがなかったわけだけど。

昭子さんは泣きながら、その温かな腕で私を抱きしめてくれた。祖母が生きていたらこういう感じだったのかな、と思うと、涙が滲んだ。

そして昭子さんは、孫の航平さんと早速お墓参りに出かけたらしい。お墓を囲んでのツーショット自撮りが届いていた。何度見ても素敵な写真だ。

「おはようございまーす！」

バイトの宮城さんが勢いよく通用口を開ける。

「さっきそこで葉山センセー見たんすけど、今晩は店に来るんすかね」

「お仕事が順調のようだから、どうでしょうね。カレーを買いに、夕方には渡辺さんがいらっしゃるかもしれないけど」

そう。葉山さんには執筆への意欲が戻ってきたようだ。本人は表立って言わないものの、ノートとペンを持ち歩いているから、新作の構想を練っているのかもしれない。そして例の白猫は、結局葉山さんのもとで暮らしている。名前は『マダナイ』に決めたと、冗談のような報告も受けた。

家政婦の渡辺さんも、『やめちゃった倉田さんの分まで、私がやらなきゃ！』と張り切って仕事をしていた。でも適当に本を突っ込むクセは直らないみたいで、この前も『永井荷風《ながいかふう》と菊池寛《きくちかん》を一緒に置くな、って怒られたわ』と逆ギレしていた。さっぱり意味はわからないけど、葉山さんなりにポリシーがあるのだろう。

宮城さんに拭き掃除と除菌をお願いして、私も開店準備を終わらせるべく厨房を出る。家で作ってきた貼り紙を手に、店の外へ。

途端、びゅうと冬の風が吹き抜けて、思わず肩をすくめた。寒い。急いでドアの横に二枚の貼り紙を掲示する。

「本日ランチタイム貸し切りです」というお知らせと、「新年よりエラリー・クイーン風ラム肉のカレー始めます」という予告だ。最初は「石油カレー」と名付けるつもりだったけど、葉山さんから「食欲の失せるネーミングはやめろ」と拒絶された。

でも……。私はあらためて思い返す。

『三四郎』において、美禰子は「迷へる子《ストレイ・シープ》」と言った。

あれは三四郎と美禰子の揺れる心を指すのかと思っていたけど、そうじゃない。登場人物全員が何かしら迷っていた。

現実世界でも、みんなが「迷へる子《ストレイ・シープ》」なのかもしれない。宗輔さんもウバラさんも祖母も迷いに迷っただろうし、梅屋親子も馬留さんも冬子さんたちも、そして父さえ悩んでいたらしい。葉山さんにだって、迷った経験ぐらいあるはずだ。「迷へる子《ストレイ・シープ》」は、決して私だけじゃない。それを文学から教えてもらった。

「千晴さぁん」

道の向こうから、冬子さんが手を振ってくる。

「もうすぐみんな来ちゃいますけど、ダイジョブ的な感じですかねぇ」

「お待ちしてます！」私も手を振り返した。

従姉妹の冬子さんとは、あのあとすぐに和解した。というか私は冬子さんを恨んでいないので、彼女から一方的に謝罪されまくっただけである。そういえば、宏二おじさんの会社もギリギリで倒産を免れそうだと聞いた。あのフェヌグリークのことも教えてあげたし、何かに活用してくれればいい。

さて、お店に戻って料理の仕上げだ。

今日はこの後、冬子さんがサークルの仲間とともにランチ読書会をするのだという。

そのため、店は十四時まで貸し切りとなる。

料理を出すタイミングを間違えたらどうしよう。デザートは気に入ってもらえるのだろうか。まだまだ迷うことは多いけれど、それでも。

私は小さく笑顔を浮かべ、「――迷へる子《ストレイ・シープ》」と呟いてみる。

年末の空は、美しく晴れ渡っていた。

《引用文献》
『三四郎　精選名著複刻全集』夏目漱石　近代文学館
『漱石書簡集』夏目漱石　岩波書店
『冥途』内田百閒　稲門堂書店（国会図書館データベースより）
『御馳走帖』内田百閒　中央公論新社
『仰臥漫録』正岡子規　岩波書店
『エラリー・クイーンの新冒険』エラリー・クイーン著　井上勇訳　東京創元社

《参考文献》
『吾輩は猫である』夏目漱石　岩波書店
『続百鬼園随筆』内田百閒　新潮社
『阿房列車』内田百閒　旺文社
『無絃琴』内田百閒　旺文社
『作家の値段』出久根達郎　講談社
『作家の値段　『新宝島』の夢』出久根達郎　講談社
『神田神保町書肆街考』鹿島茂　筑摩書房

本書は書き下ろしです。
この物語はフィクションです。作中に同一の名称があった場合でも、実在する人物・団体等とは一切関係ありません。

宝島社
文庫

神保町・喫茶ソウセキ
文豪カレーの謎解きレシピ
(じんぼうちょう・きっさそうせき　ぶんごうかれーのなぞときれしぴ)

2021年6月18日　第1刷発行
2021年7月28日　第2刷発行

著　者　柳瀬みちる
発行人　蓮見清一
発行所　株式会社 宝島社
〒102-8388　東京都千代田区一番町25番地
電話：営業 03(3234)4621／編集 03(3239)0599
https://tkj.jp
印刷・製本　中央精版印刷株式会社

ISBN 978-4-299-01733-8